死に戻り騎士団長は伯爵令嬢になりたい

松藤かるり

24443

角川ビーンズ文庫

CONTENTS

フライン・レイドルスター
「稀代の天才」と謳われる魔術士
エリネ・マクレディア
18歳まで死に戻った、騎士団長
CHARACTERS

ジェフリー

若手騎士

ライカ・マクレディア

エリネの妹

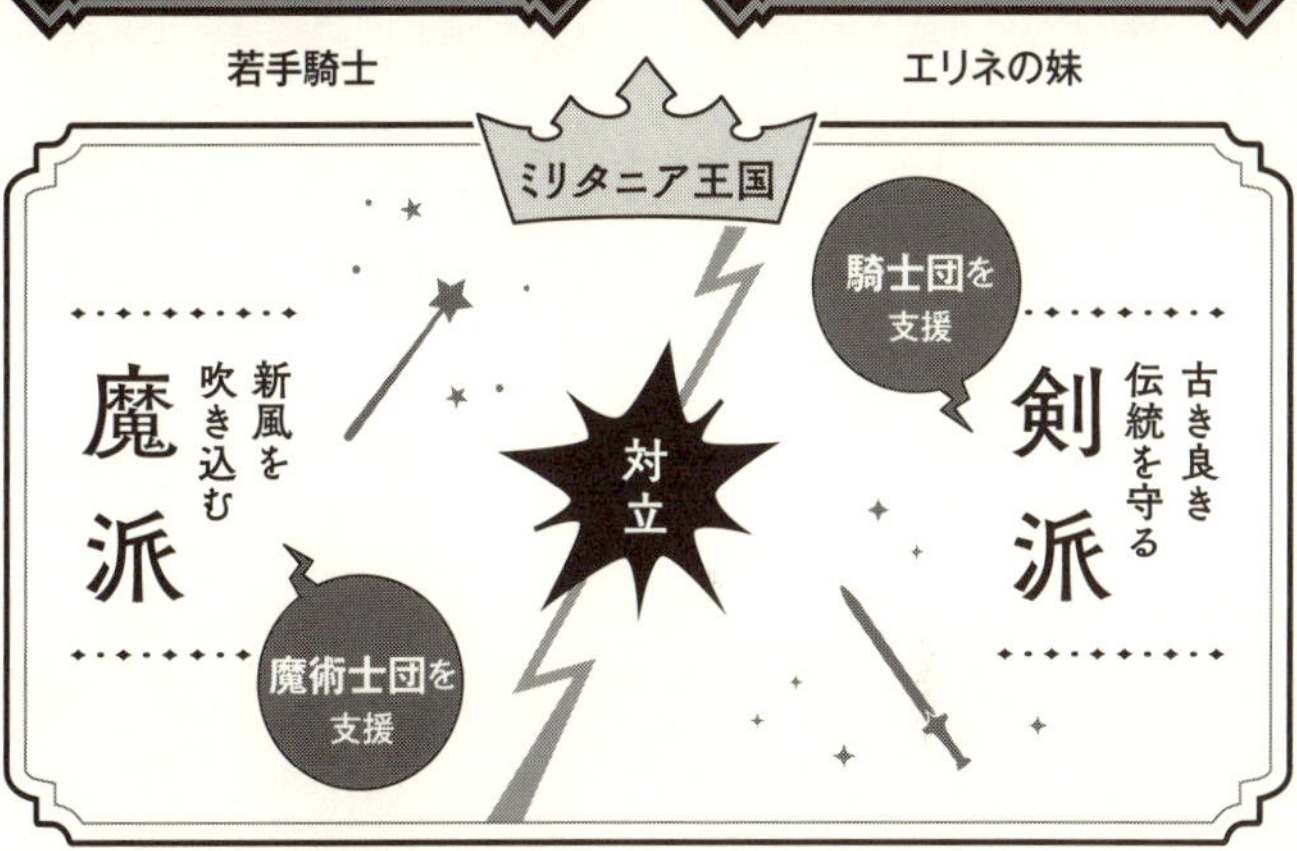

死に戻り騎士団長は伯爵令嬢になりたい

本文イラスト／駒木日々

序章　伯爵令嬢として生きます

あの、柔《やわ》らかく温かな場所で微笑《ほほえ》む令嬢《れいじょう》たちの手は、絹のごとく滑《なめ》らかなのだろう。

エリネ・マクレディアは執務《しつむ》室の窓から、王宮の庭園を眺《なが》めていた。

庭園では王女主催《しゅさい》によるお茶会が開かれていた。端《はし》にレースをあしらった純白のクロスが敷《し》かれたテーブル。その上にティーカップや菓子《かし》を並べ、王女に招かれた令嬢たちが色とりどりのドレスに身を包んで微笑みあっている。

（……私とは、違《ちが》う世界の人）

エリネはため息をつき、比較《ひかく》するように手を開く。エリネも女性の身ではあるが、その手のひらは潰《つぶ》れた肉刺《まめ》の跡《あと》や傷跡だらけで、触《さわ》ってみれば皮膚《ひふ》も硬《かた》い。令嬢たちのしなやかな手とは大違《おおちが》いだ。

その体を包むものだって異なり、エリネが纏《まと》うのはミリタニア騎士《きし》団を示すカッパーレッドの制服と、ひらりとしたマント。腰《こし》には王より賜《たまわ》った剣《けん》を佩《は》いている。今日は内務の予定であるから制服を着ているが、日によってはこれが鎧《よろい》に変わる。長い金の髪《かみ》も、動きやすいよう高い位置で一つに結っていた。

この道を選んだのはエリネ自身であり、後悔《こうかい》はしていない。ミリタニア王国の騎士団長として生涯《しょうがい》を剣に注ぎ、王と国のために生きる。その覚悟《かくご》が揺《ゆ》らぐことはないものの、美しい令嬢たちを見るたびエリネの胸はざわついた。どうしても視線が剝《は》がせなくなる。

（あの生き方をしていたら、私の人生は違ったのだろう）

休みなく続く鍛錬《たんれん》の日々も、傷跡だらけの体も、変わっていたのだろうかと想像する。剣とは無縁《むえん》の令嬢として生きたなら、今頃《いまごろ》は庭園で花を眺めて優雅《ゆうが》にお茶を飲んでいたかもしれない。そばには母や父がいて、大好きだった妹も隣《となり》にいるはずだ。

躊躇《ためら》うようにゆったりとした動きで、エリネは手を伸《の》ばす。庭園の微笑ましい光景に、二度と戻《もど》らぬ日々を重ね——しかしガラスに触《ふ》れる直前で、指先は止まった。エリネは振《ふ》り返り、執務室のドアに視線を送る。

「……なんだ。ジェフリーか」

まもなくして現れた姿にエリネは小さく呟《つぶや》いた。やってきたのはエリネと同じくカッパーレッドの鮮《あざ》やかな制服に身を包んだ、ミリタニア騎士団の副団長ことジェフリーである。

彼はエリネの表情を確かめた後、淡々《たんたん》と言った。

「そうやって窓辺にいるなんて、また令嬢を睨《にら》みつけていたんですか？」

「睨みつけていない」

エリネとしては睨みつけているつもりなどまったくない。観察しているだけだ。

否定しながらも再び庭園を見やる。令嬢が一人、こちらを見上げていたが、エリネと目を合わせるなり逃《に》げるように顔を背《そむ》けてしまった。

「あなたにそのつもりがなくとも、令嬢たちはあなたを恐《おそ》れていますよ。『堅氷《けんぴょう》の番犬』が睨んでくると噂《うわさ》になっているそうですから」

『堅氷の番犬』とはエリネのことである。エリネの冷静な物言いや振る舞《ま》いが氷のようだと喩《たと》えられ、ミリタニア王に忠誠を誓《ちか》う様子から『堅氷の番犬』と異名がついた。これについて、エリネは好きなように呼べばいいと思っている。面と向かって『堅氷の番犬』と揶揄《やゆ》してくる者はわずかだが、どのような呼び名をつけられようが気にしていない。

（今じゃ、親しみを込めてエリネと呼んでくれるのは一人ぐらい）

短くため息をつく。ミリタニア騎士団の団長となってからは肩書《かたが》きで呼ばれるようになった。今や、親しみを持って名を呼んでくれる者は一人だけだ。彼だけは馴《な》れ馴れしいほど距離《きより》が近い。その姿を思い浮《う》かべると同時に、ジェフリーが言った。

「フライン殿《どの》でしたら、北部ガドナ地方に遠征《えんせい》中ですよ」

今日の天気を語るかのように、淡々とした物言いだった。彼は真面目《まじめ》すぎるため、表情の変化が少なく、からかっているのかわかりにくい。エリネは片眉《かたまゆ》をあげ、聞き返す。

「何も言ってないだろう。どうしてフラインの名が出てくる」

「執務室に入った時、団長が残念そうにしていたので。フライン殿を待っていたのかと」

　エリネはすぐに否定できなかった。というのも、最近フラインと顔を合わせていないいため、そろそろ会いにくる時期と思っていたのだが、現れたのはジェフリーであった。

大陸の覇者《はしゃ》として名を馳《は》せるミリタニア王国。この国は剣と魔《ま》に守られている。剣とは、エリネが率いるミリタニア騎士団だ。カッパーレッドに金獅子《きんじし》の旗章は、国内最強と語られる騎士団の印である。

　魔は、ミリタニア魔術士団を指す。サファイアブルーに白銀の鷲《わし》が描《えが》かれた旗章の下《もと》に集まるのは魔術の精鋭《せいえい》。天才の終着地と呼ばれる魔術士団において、最も強大な魔力を持つ筆頭魔術士がフライン・レイドルスターだ。

　騎士団長と筆頭魔術士。部下を束ねる身であるエリネとフラインは旧知の仲だ。仲が良いと語っていいのかは悩《なや》ましいところだが、彼だけは『エリネ』と名を呼んでくる。

「否定しないんですね」

　持ってきた書類を執務机に置きながら、ジェフリーが言う。声音《こわね》は先ほどと変わらないが、おそらく彼なりに揶揄《からか》おうとしているのだろう。エリネはこれを一笑《いっしょう》に付し、冷静さを保ったまま答える。

「否定するのも面倒《めんどう》だ。興味がない」

「そんなことを言うと、フライン殿が泣いてしまいますよ」

「あいつが泣くものか。人を苦しめて困らせて、泣いているのを見て楽しむタイプだ」

エリネはフラインをそのように思っているが、ジェフリーは肯定《こうてい》も否定もしなかった。

(北部ガドナ地方は随分《ずいぶん》遠いけれど。何の用があるんだろう)

フラインがいない理由は気になったが、それは戻ってから聞けばよいだろう。

エリネは窓辺から執務机へと戻ろうとし——異変を感じた。

(喉《のど》が苦しい。これは——!)

喉に何かが巻き付き、絞《し》められているような感覚。しかしジェフリーは執務机の前にいて背を向けている。

(他《ほか》の者の気配は感じなかった。これはいったい)

喉は焼け付くように痛んで、苦しさから声があげられない。

ジェフリーに報《しら》せるべく足を踏《ふ》み出す。しかし、体の力はエリネの想像以上に失われていた。足元が柔らかに波打つような感覚で立っているのもやっとだ。

「フライン殿が戻ってきたら、団長が寂《さび》しそうにしていたと伝えておきましょう。フライン殿も面倒な人ですから」

気づかぬジェフリーだったが、言い終えて振り返るなり表情を変えた。それはエリネが床《ゆか》に倒《たお》れこむと同時であったため、彼の目が大きく見開かれる。

「団長!?　これはいったい——誰《だれ》か、すぐに来てくれ!」

ジェフリーは声を張り上げ、廊下《ろうか》にいる者たちに応援《おうえん》を求めた。

エリネはまだ意識があった。しかし、体の内側をねじられているかのように全身が痛い。喉は苦しく、呼吸するのにも体力を使う。

執務室にエリネとジェフリー以外の者はいなかった。侵入者《しんにゅう》の気配もない。いったい誰が、どのようにしてエリネを襲《おそ》ったというのか。

「宮医！　いや、魔術士だ。フライン殿を呼《よ》び戻せ！」

ジェフリーが叫《さけ》んだ。近くにいるはずなのに、その声を遠く感じる。執務室になだれ込んでくる者たちの足音も聞こえなくなってきている。

（ああ。ついに、私は死ぬんだ）

目を閉じる。何も見えず、何も聞こえず、体が深いところに落ちていくように、重たい。これが死という感覚だろうか。焼け付く痛みも氷の冷たさであった床も、全《すべ》ての温度がわからなくなっていた。五感は切り離《はな》され、まるで谷底に落ちていくかのようだ。

（死んだら、お母様やお父様……大好きな妹にも、会えるのかもしれない）

エリネが思い浮かべるのは、人生の途中《とちゅう》で失った愛《いと》しい人たち。エリネが年を重ねても、記憶《きおく》の中の愛しき者たちは老いることなく、変わらず瞼《まぶた》の裏にあった。彼らが先に死を経験していると思えば、この状況《じょうきょう》に恐れはない。

意識が薄《うす》れていく。痛みも感じず、体という枠組《わくぐ》みも感じなくなっていた。最後に思い浮かぶのは今頃《いまごろ》遠征に出ているだろう友人だ。

(フライン……先に死んで、ごめん)

彼がどんな表情をするのか考えようとし、そこでエリネの意識が途絶《とだ》えた。


エリネ・マクレディア。

『堅氷の番人』の異名を持つ、ミリタニア王国初の女性騎士《きし》団長。国内に敵なしと称《しょう》されるほどの卓越《たくえつ》した剣技《けんぎ》にて名を馳せ、異例の若さで騎士団長に任命された。

彼女を襲った病については現在も不明である。多くの宮医や魔術士が彼女を助けようとし、遠征に出ていた筆頭魔術士までもが王宮に引き返すも間に合わず、エリネ・マクレディアは三十年の生涯を終える。


最初に感じたのは温度だった。温かなものに包まれている。確かめようと意識すれば、次は手がぴくりと動いた。体が溶《と》けて消えてしまったような虚脱《きょだつ》感はなくなっている。

(死んで、いない?)

今度は瞼を開く。瞼の重みはなくなり、すんなりと目は開いた。しかし視界にあるのは、見慣れた天井《てんじょう》ではない。王宮の執務《しつむ》室や団長用の私室でもなく、医務室でもない。けれど嫌悪感《けんおかん》はなく、オフホワイトの天井に懐《なつ》かしさを感じる。

（どういうこと？　私はどこにいる？）

執務室で倒れてから何があったのか。現状を把握《はあく》すべくエリネは身を起こす。

だが、現在地を確かめる間はなかった。ノックの音が数度聞こえ、扉《とびら》が開く。

「おはよう、お姉様」

部屋に入ってきたのは、金色の髪《かみ》を二つに結い、愛らしい顔つきに似合うアプリコットカラーのドレスを着た娘《むすめ》だ。彼女の大きな緑の瞳《ひとみ》がこちらに向いている。

エリネは、彼女のことを誰よりも一番知っている。

「ライカ！」

目に入れても痛くないほど可愛《かわい》い、大好きな妹。頭で考えるよりも先に体が動いた。エリネは持ち前の俊敏《しゅんびん》な動きでベッドを飛び出し、ライカに抱《だ》きつく。

「お姉様？　どうしたの？」

「ライカがどうして生きて……幻《まぼろし》？　いや、夢？」

幻にしてはおかしい。触《ふ》れればちゃんとライカがいる。そうなれば夢なのか。何度も家族と会う夢を見てきたが、ここまでリアルな夢を見るのは初めてだ。

「私はあの時に死んだ？　ではここは死後の世界？」

エリネはぶつぶつと呟《つぶや》く。現状がまったく理解できず、冷静さを欠いていた。

「もう、何を言ってるの」

腕《うで》の中のライカがくすぐったそうに笑う。

「お姉様も怖《こわ》い夢を見たり、寝《ね》ぼけたりするのね」

「え？　夢を見ているのは今なはず……」

動揺《どうよう》している隙《すき》に、ライカはエリネの腕からするりと抜《ぬ》けだしていった。

ライカの姿を目で追い、部屋を見回し、改めて認識《にんしき》する。エリネとライカがいる場所は、マクレディアの屋敷《やしき》だ。ここはエリネが使っていた部屋である。

（おかしい。家は焼け落ちたはず。なのに屋敷がある。調度品もあの頃《ころ》と変わらない）

自分がいるのは、どこだろう。答えが見えず、エリネはその場に立ち尽《つ》くしていた。震《ふる》える声で、ライカに問う。

「フラインは？　ジェフリー、あと騎士団の皆《みな》は？　私は執務室にいたのでは――」

これにライカは目を見開いていたが、その後にくすくすと笑い出した。

「お姉様、本当に変な夢を見たのね。喋《しゃべ》り方も少し変わったみたい。もしかして騎士団に入る夢でも見たのかしら。いつも話していたものね。騎士になりたいって。十八歳になったんだから資格は満たしているし、入団試験を受けてみてもいいと思うけどな」

ふふ、と楽しそうに話すライカと異なり、エリネはあんぐりと口を開けて固まっていた。

（まるで入団前みたいに話している。それに十八歳って……）

おそるおそる、手のひらを開いた。多少の肉刺《まめ》はあるものの、綺麗《きれい》な手だ。手の甲《こう》には大きな傷跡《きずあと》が残っていたはずが、綺麗に消えてしまったかのようにつるんと滑《なめ》らかだ。

「嘘《うそ》だ……いや、そんなことがあるわけ……」

一歩、踏み出す。ここがエリネの部屋であるならば誕生日に貰《もら》った手鏡があったはずだ。キャビネットの扉を開けば、記憶通りに手鏡がある。

意を決して手鏡を覗《のぞ》きこむ。

(肌《はだ》が……ぷるぷるつやつやしている!)

鍛錬《たんれん》で負った傷や日焼けもない。肌艶《はだつや》はよく、ぴんと張ったような感触《かんしょく》は昔を思い出す。

それは、十八歳の頃の、エリネの顔だった。


エリネが現状を理解するには随分《ずいぶん》と時間がかかった。

日は沈《しず》み、家族で食事を共にする。エリネの隣《となり》にはライカがいて、対面には両親がいた。

(どうしても慣れない……)

エリネが過ごしていた日々では、ライカも両親も亡《な》くなっている。マクレディアの屋敷は強盗《ごうとう》が押し入った際に火が放たれ、全て焼け落ちた。二度と戻《もど》らぬと思っていた日々が、突然《とつぜん》やってきたのだ。さらに十八歳まで若返るおまけつきで。

(夢にしては随分と長すぎる。ご飯の味も、水の冷たさも感じる)

少しずつ、夢ではないのかもしれないと考えるようになってきた。

（まさか、私は過去に戻った？）

そう考えれば、しっくり来る。死に際《ぎわ》、失った家族に会いたいと願った。だが、それが叶《かな》うとは奇跡《きせき》すぎて、なかなか信じ難《がた》い。

「今日のエリネは、落ち着いているなぁ」

黙《もく》したままのエリネに驚《おどろ》いた様子で父がぎこちなく笑う。これに母も頷《うなず》いた。

「先ほども驚いたのだけど、所作が急に綺麗になっていたのよ。それに口調も……普段《ふだん》からクールではあるけれど、無理に冷たく振《ふ》る舞《ま》おうとしているみたいで……」

「昨日とは大違《おおちが》いよ。お姉様が急に大人になったみたい」

ライカや母に指摘《してき》されても、エリネは曖昧《あいまい》に笑うしかできなかった。

大人びているのは当たり前である。本当に過去に戻っているのなら、今のエリネは十八歳の見た目だが、中身は三十歳。騎士団長として王宮勤めをし、王宮の催《もよお》しに参加することも多々あった。振る舞いはじゅうぶんに鍛《きた》えられている。

そして口調も。騎士団という男所帯に交ざるのだから、女だからと舐《な》められぬように柔《やわ》らかな言葉を禁じ、女性らしいものは全て遠ざけてきた。

これらは十八歳のエリネにはなかったものである。両親や妹が驚くのも当然だ。

（未来から戻ってきたと話せば納得《なっとく》してくれるのかもしれないけど、私が知る未来では皆

が死ぬ。それを告げたくない）

理由はわからないが、時が戻り、このようにして再会できたのだ。この先の出来事を話せば、両親や妹はどんな表情をするだろう。想像して、エリネの胸が痛む。

（過去に戻ったのだとしたら、理由があるはず。詳細《しょうさい》がわかるまで、皆には明かせない）

現在わかっているのは、過去に戻ったかもしれないということ。何が起きているのかわからない以上、迂闊《うかつ》な言動は控《ひか》えるべきだ。

しかし、過去に戻ったのだとしたら、エリネはやりたいことがあった。

エリネは改めて、家族の顔を見回す。

（みんな生きている。夢じゃない）

女の子らしい振る舞いを苦手としたエリネを叱《しか》らず、好きなことをのびのびとさせてくれた優《やさ》しい両親。どんな時も『お姉様』と慕《した》って、どんな時もそばにいてくれた、大好きな妹。エリネは未来を知っている。ならば、家族の運命を変えられるのではないか。

（過去に戻ったのだから、皆を守りたい。絶対に失いたくない）

これまでに何度も、過去に戻りたいと願った。騎士団に入らなければ両親や妹のそばにいられたのにと後悔《こうかい》をした。

理由はわからないが過去に戻ったのなら、後悔を晴らせるかもしれない。

（私は騎士にはならない――この人生を、伯爵令嬢《はくしゃくれいじょう》として生きる！）

第一章　伯爵令嬢は婚約します

日が経《た》つにつれ、過去に巻き戻ったことが現実味を帯びてきた。

はじめは、眠《ねむ》りについて目を醒《さ》ますと家族は消えてしまうのではないかと不安だった。ライカに頼《たの》んで一緒《いっしょ》に寝てもらったが、朝になってもライカは隣にいた。両親もマクレディアの屋敷もちゃんとある。エリネも十八歳のままで肌は毎日ぷるぷるだ。

毎日が幸せだ。大好きな家族がいて、皆が笑い合っている。これ以上の幸せはない。

とはいえ、家族と共にのんびり過ごすだけではいられなかった。エリネはこの後に起こる出来事を知っている。幸せに酔《よ》いしれていると、その日がやってきた。

「縁談《えんだん》……ですか」

両親がエリネとライカに告げたのは、縁談である。

「お相手はゼボル侯爵《こうしゃく》。若くして侯爵位を継《つ》いだ方で、エリネと年齢《ねんれい》が近い。だから、エリネを迎《むか》えたいと先方は言っている」

この話を聞くなり、姉妹の表情は強張《こわば》った。特にエリネは凍《こお》りついたようにその場から動けなくなっていた。

（……やっぱり、この縁談は避《さ》けられない）

ゼボル侯爵家は、この縁談をエリネ宛《あて》に送っている。しかし、エリネが知る未来では、この話を引き受けたのはライカだ。

『お姉様ではなく、私が引き受けます』

まもなくしてライカはそう名乗り出る。そしてエリネにはこう告げるのだ。

『お姉様は騎士《きし》になりたいと話していた。私はその夢を応援《おうえん》したいのです。だからお姉様は騎士団の入団試験を受けてください』

その時を思い出し、エリネはぐっと拳《こぶし》を握《にぎ》る。

（前回はライカの応援が嬉《うれ》しくて、だからこそ絶対に騎士になろうと考えていた。けれどその結果……）

ゼボル侯爵家との縁談は、マクレディア家を破滅《はめつ》に追い込む。

父と母の様子を確かめる。父も母も対応に苦慮《くりょ》している様子だ。というのもエリネは令《れい》嬢《じょう》と呼ぶにはお転婆《てんば》すぎる。ドレスを着せても中庭を駆《か》け回ったり、剣術《けんじゅつ》の稽古《けいこ》に励《はげ》んだりと、淑《しと》やかさはあまり感じられない。社交界の付き合いは苦手で、他《ほか》の令嬢との付き合いも少ない。侯爵家の女主人となって切り盛りをするには武闘派《ぶとうは》すぎる。

それに比べると、ライカは令嬢然とした娘《むすめ》だ。クールな容姿のエリネと血が繋《つな》がっているのが不思議なほど、体付きは華奢《きゃしゃ》で愛らしい顔つきをし、他の令嬢との交流を楽しんだり、刺繍《ししゅう》に勤《いそ》しんだりと、淑やかな暮らしを送っている。だが姉に守られがちでふわふわとしたところが多い。姉妹が極端《きょくたん》すぎるため、両親は悩《なや》んでいる。

「お父様。その話はお断りできないのでしょうか？」

重い沈黙《ちんもく》を裂《さ》くように声をあげたのはライカだった。

「……断れるのなら、そうしているのだがな」

父は額に手を当て、長い息を吐《は》く。その心境は、今のエリネならばわかるところがある。

(縁談にはミリタニア王が関《かか》わっている。だから、マクレディア家は断れない)

この話を提案したのは、ミリタニア王である。

現在、ミリタニアにいる貴族らは剣《けん》派と魔《ま》派の二派閥《はばつ》に分かれている。古き良き伝統を守る剣派の貴族は騎士団を支援《しえん》し、新風を吹《ふ》き込む魔派は魔術士団を支援する。この二派閥の諍《いさか》いは大きく、即位《そくい》したばかりの王は軋轢《あつれき》を解消すべく奮闘《ふんとう》していた。

マクレディア伯爵《はくしゃく》家は剣派であり、ゼボル侯爵家は若き当主が魔派を宣言している。それぞれの派閥を縁談で繋ぎ、派閥間の溝《みぞ》を埋《う》めようとミリタニア王は考えたのだ。

意図を知るが故《ゆえ》に、父は断れない。この縁談を断ればミリタニア王の失望に繋がる。

(前の私は、こういった背景までは考えていなかった。これも騎士団長として王宮にいたからわかってきたこと)

つまり、選択肢《せんたくし》は二つ。エリネかライカ。どちらかがゼボル侯爵に嫁《とつ》ぐしかない。

父の思惑《おもわく》をどれほど理解したのかはわからないが、断れないことはライカも察したようだ。愛らしい表情は曇《くも》り、俯《うつむ》く姿から沈痛《ちんつう》な心境が読み取れる。

「エリネを支えたいライカの気持ちはよくわかる。だが、女性が騎士になるのは珍《めずら》しく、他を圧倒《あっとう》する剣術の腕《うで》が必要だ――エリネが騎士になれるかというとわからない」

追い打ちをかけるように、父が言う。

「叶《かな》うかもわからぬ夢のために断れない。ならばもう夢を諦《あきら》めてゼボル家に――」

「待ってください！」

バン、と書斎机《しょさいづくえ》を強く叩《たた》く音がした。父の決断を遮《さえぎ》り、ライカが身を乗り出して叫《さけ》ぶ。

「お姉様ではなく、私が引き受けます！」

「ライカ……だが、それは」

「マクレディアの娘を求めるのであれば私でもいいはず。お姉様は騎士になりたいと話していた。私はその夢を応援したいのです」

いつも姉の後ろに隠《かく》れ、男の子にからかわれれば泣くだけの大人しいライカが、このように主張するのは珍しい。そんなライカに父母は圧倒されている様子だ。

ライカの視線はエリネに向く。覚悟《かくご》を決めた、力強いまなざしだ。

「だからお姉様は、騎士団の入団試験を受けてください」

この流れに、エリネは立ち尽《つ》くしたままであった。

（あの時と同じだ。ライカの気持ちがとても嬉しかった。こんなにも応援してくれていたのだと、感謝の気持ちでいっぱいだった）

だが、記憶《きおく》と同じ通りに進むのなら、と気を引き締《し》める。

（入団試験を受ければ合格して私は騎士団に所属する。ライカとゼボル侯爵の縁談も進む。でもこの縁談を進めてはいけない）

覚悟は決まっている。エリネは険しい顔つきで、ライカを見つめ返して答えた。

「騎士団には入らない」

「お姉様⁉」

「私はこの縁談を受ける」

この宣言に、ライカだけでなく父母も目を丸くしていた。エリネのことだから縁談を断って騎士団を目指すと考えていたのだろう。

「考え直してください。この縁談を受けてしまったらお姉様は――」

「お父様、この話を進めてください。私はよく考えて縁談を受けると言っています」

父はすっかり気圧《けお》され「あ、ああ」と虚《うつ》ろな返事をするのみだ。

慌《あわ》てたように割りこむのはライカである。

「話し合いましょう。そ、そうだわ、先に入団試験を受けてみるとか！」

「受けない」

「試験を受けてから考えましょ？　ほら、明日は騎士団員の募集日《ぼしゅうび》だもの」

「騎士にならない」

「お姉様ったら！　そんな返事ばかり！」

ライカはすっかりと意固地になり、エリネもまた引く気はない。険しい顔をして「受けない」「騎士にならない」と繰《く》り返している。

結局のところ、決断は後日に持ち越《こ》しとなった。げんなりと疲《つか》れた様子の父が退室を命じるまで、姉妹は言い合いを続けていた。

翌日。エリネの姿は街にあった。

というのもライカが原因である。姉の夢を応援したいと躍起《やっき》になっているのか、顔を合わせれば『お姉様、騎士になりましょう』『今日は団員募集日ですよ』と騒《さわ》がしい。それならば、街に出掛《でか》けて入団試験を受けたふりをし、『不合格だった』と嘘《うそ》をつくのが良いと考えたのだ。

（試験を受けるつもりはないけど、様子ぐらいは見に行こう）

覗《のぞ》く程度なら問題ないと考えて広場に向かう。

国内で最も栄え、多くの品々が行き交《か》うと言われている城下町だが、今日は特に人が多く集まっている。というのも一年に一度の、ミリタニア騎士団員の募集日だからだ。

ミリタニア騎士団に入れる者は剣の腕で決まり、選考に身分は影響《えいきょう》しない。入団試験日にはいくつかの模擬戦《もぎせん》を行い、優秀《ゆうしゅう》な成績を収めた者たちが選ばれる。そのため、この時期になると各地から騎士を目指してやってきた者が集まる。街は賑《にぎ》わっていた。

エリネは広場に近づく。広場中央は模擬戦場が用意され、左右のテントには受付を済ませた入団希望者らが詰《つ》めている。受付にもずらりと人が並んでいる。名前や年齢《ねんれい》などを告げた後、くじを引いて模擬戦相手を決めるのだ。

城下町の人々も、年に一度の入団試験を恒例《こうれい》行事として楽しんでいる。模擬戦場を眺《なが》めながら、やいやいと騒いでいた。

その光景は懐《なつ》かしい感情を呼び起こす。自然と、エリネの表情も緩《ゆる》んでいた。

(私の時は異例だったと、言われていたね)

エリネが騎士を目指すきっかけとなったのは、妹のライカだった。

ライカは内向的なために意見を言うのが苦手である。そのため同年代の子どもからからかわれていた。泥《どろ》をかけられ、意地悪を言われ、そのたびにライカは泣いていた。

可愛《かわい》い妹が泣いている姿を黙《だま》って見ているなどできるわけがない。ライカがいじめられるたび、エリネは駆け出していった。

ライカをからかい逃《に》げる者がいれば、エリネは走って追いかける。追いつけないことがあれば、その悔《くや》しさをもとに追いつける体力が得られるまで走りこみをした。

棒でライカを叩く者がいれば、同じく棒を手に取ってライカを守る。うまく戦えないと思えば、父に頼《たの》んで庭に木人形を用意してもらって稽古《けいこ》に励《はげ》んだ。対人戦が足りないと感じれば、元騎士《きし》だった叔父《おじ》に稽古をつけてもらった。

相手の子らも知恵《ちえ》をつけてくると、大人数でエリネを囲んだり、木に登って逃げたりといった手段に出たが、エリネはそのたびに彼らに勝つ方法を考えた。大人数でも怯《ひる》まぬ強さや、高低差を克服《こくふく》するための策を編みだし、いじめっ子を追い返していた。

気づけば、体力も喧嘩《けんか》も剣術《けんじゅつ》も敵なしのパワータイプに仕上がっていた。訓練はいつの間にか趣味《しゅみ》となり、時間があればひたすら体力作りや剣術稽古に打ち込む。そのうちにライカを守るだけでなく、国を守りたいと騎士になる夢を抱《いだ》くようになった。

（そんな私が、初めて人前で戦ったのは、団員募集日だった）

試験日、エリネが広場に立つと周囲がざわめいたのを覚えている。それまでミリタニアに女性騎士はなく、入団試験を受ける女性もいなかった。そんな中でエリネがエントリーしたのだから、皆《みな》が驚《おどろ》くのも当然である。

多くの人に見守られながら剣を握《にぎ》る。これまでは家で稽古をするばかりだったので、緊《きん》張《ちょう》はもちろんのこと、自分の力がどこまで通用するのか不安もあった。エリネに好奇《こうき》の視線が集い、『手加減してやれよ』『お嬢《じょう》ちゃんは帰りな』といった野次が聞こえてくる。

だが、模擬戦が始まり、エリネが動くと空気は一変した。

一撃《いちげき》で相手を倒《たお》したのだ。目に見えぬ速さだったと語られている。

その後に続く試合でもエリネは勝利し続け、ついには全勝の成績で入団資格を得ている。

(でも、今回は入団しない)

模擬戦が始まったのか、広場から歓声《かんせい》があがった。模擬戦用の木刀を持った男たちが戦っているのを見届けた後、エリネは歩きだした。

ライカには、試験を受けたが駄目《だめ》だったと報告するつもりでいる。となれば、もう少し時間を潰《つぶ》さなければならない。エリネは街の散策を続ける。

騎士団員となってから、街の見回りは多々あった。見回りは良いもので、書面の報告には書き切れない細かな情報も伝わってくる。文字に残せないような細かな問題や実際の空気感を、直接確かめられるのだ。

その頃《ころ》と同じように、街を歩きながら細部まで鋭《するど》く観察する。傍目《はため》には、良い召《め》し物を着ていることから令嬢《れいじょう》として見られるだろう。しかし眼光は鋭い。

広場から離《はな》れ、宿や酒場といった店が建ち並ぶ裏通りに入る。さすがにこの格好では酒場に入れない。遠目に覗いていると、灰色のローブを着た者が数名、店の中で騒いでいた。

(天魔座《てんまざ》。そっか、過去に戻《もど》っているから天魔座もあるのか)

灰色のローブには、黒の二重星と三日月のマークが入っている。それを着るのは天魔座の魔術士だ。

剣《けん》派と魔派の派閥《はばつ》争いは激しく、中でも剣派に対して過度な敵対意識を持っているのが天魔座だった。剣は時代遅《じだいおく》れであると語り、魔術こそが国を救うを信条に掲《かか》げている。ミリタニア王が剣派であることから、現国王を廃《はい》するべきと天魔座は主張していた。

騎士団は剣派のため、騎士の多くは天魔座を含《ふく》む魔派を快く思っていない。しかし、エリネは皆のように魔派を嫌《きら》っていなかった。今も、その考えは変わらない。

（あの頃は、フラインがいたから）

魔派に嫌悪感《けんおかん》を抱かずにいたのは、フライン・レイドルスターのおかげだ。

（私が十八歳になったのだから、フラインも十八歳。今頃はどうしているんだろう）

フラインは幼い頃に魔術の才能を見出《みいだ》され、稀代《きたい》の天才魔術士として王宮に迎《むか》えられていた。規定の年齢に満たずとも特例として魔術士団に入っている。

二人が出会ったのは、エリネが騎士団に入団した後であるから、今頃は王宮で魔術研究に励んでいるのかもしれない。

（私が騎士団に入らないのだから、会うことはきっと――）

ないのだろう。そう考え苦笑《くしょう》した時である。

路地より、がたがたと物音が聞こえた。喧騒《けんそう》に紛《まぎ》れていたがその音に違和感《いわかん》があった。

騎士団長として『騎士たる者、五感全《すべ》てを研《と》ぎ澄《す》ませよ』と部下に説いてきた身である。この違和感を確かめなければならない。エリネは険しい顔つきで、路地に近づく。

壁《かべ》に張り付き、気づかれぬようにそっと路地を覗きこんだ。

(天魔座の者が、若い娘《むすめ》の腕《うで》を引っ張っている。連れ去ろうとしている?)

見えたのはローブを着た者たちが若い娘を連れて行く場面だった。先ほど聞いた物音は、抵抗《ていこう》した娘が助けを求めるかのように木箱を叩《たた》いたのだ。しかし、今は腕を押さえつけられ、別の者に口も塞《ふさ》がれている。

(天魔座の人攫《ひとさら》いがこの頃《ころ》からあったとは。とにかくあの子を助けよう!)

あの娘を助けなければ。帯刀していないのが惜《お》しまれるが、天魔座の者は三名である。剣はなくても助けられる。それどころか圧倒《あっとう》する自信さえあった。

エリネは手首をぐるぐると回して準備を整える。いざ路地に飛びこもうとし——。

「君。一人では無理だよ?」

いざ突撃《とつげき》、といった寸前に、後ろから声がかかった。

馴染《なじ》みのある声だ。振《ふ》り返ったエリネは、驚きのあまり目を大きく見開いていた。

そこにいたのは、先ほどまで思い浮《う》かべていたものの、ここで会うとは思ってもいなかった人物だ。

白銀やサファイアブルーの飾《かざ》りがついた白のローブ。何よりも目立つのは紋章《もんしょう》だ。サファイアブルー地に刻まれた白銀の鷲《わし》。この紋章を身につけるのは王が認めた魔術士のみ。

「フライン……?」

日向《ひなた》に立つ彼は、透《す》けるような銀髪《ぎんぱつ》をし、それは光を浴びてきらきらと輝《かがや》く。記憶《きおく》にある姿より若く、しかし整った顔立ちは健在だ。魔術濃度《まじゅつのうど》の高さを示すウィスタリア色の瞳《ひとみ》が、しっかりとこちらを見据《みす》えていた。

彼こそ、前の人生にてエリネと共に国を背負った男。フライン・レイドルスターである。今は王宮にいるはずの彼が、どうして街にいるのか。

しかし、フラインは首を傾《かし》げていた。いつも笑《え》みを絶やさない男であるが、今日も笑みを絶やさず、しかし怪《あや》しげに首を傾げてぶつぶつ呟《つぶや》いている。

「どうして僕の名前を？　君と会うのは初めてだけど」

その反応を見た瞬間《しゅんかん》、エリネは自らの失敗に気づいた。

（そうだった。まだフラインと知り合っていない。名前を知っているなんて怪しまれる）

エリネは平静を装《よそお》いつつも、心の中では大慌《おおあわ》てであった。何とかして、この場を取り繕《つくろ》わなくては。しかし良い案は出てこない。

じっと黙っているうちにフラインが顔をあげた。そして路地の向こうを見やる。

「まあいいか……それで、君はあの場に飛びこもうとしていたよね？」

「私が――」

返事をしかけて、言葉を飲みこむ。『飛びこんであの娘を助けるつもりだった』と話す予定だったが、この喋《しゃべ》り方ではまるで騎士のようだ。今のエリネは伯爵令嬢《はくしゃくれいじょう》である。

（伯爵令嬢として生きるのだから、相応に振る舞《ま》わないと！）

すっと短く息を吸いこみ、これまでに見てきた令嬢の振る舞いを思い出す。ライカや王宮で観察してきた娘たちのようになるのだ。自分には似合わないと呆《あき》れつつも、この道を行くと決めたのだから、やるしかない。

「路地の方が良くない雰囲気《ふんいき》だったので、助けを呼びにいこうと思っていました」

「助けを？　助けを求めるのに、路地に飛びこみそうになっていたけど」

フラインは訝《いぶか》しんでいるが、今さら引き返せない。エリネは真剣《しんけん》に頷《うなず》く。

正直なところ、この程度の人数であれば圧倒できる。何せこちらは、女でありながらも団員たちを打ちのめし、負け知らずの元騎士団長だ。『パワー騎士』『脳筋騎士』と何度言われたか。十八歳に戻ったため筋力の変動はあるが、体が動かしやすい。戦闘《せんとう》の知識や勘《かん》もある。この程度の数なら素手でも容易に倒せるだろう。

しかし、一般《いっぱん》的な令嬢はそんなことをしない。今はフラインがいるため、令嬢らしく振る舞わなければならない。となれば、助けを呼びにいくのが得策だ。

酒場近くへ視線を動かすと、偶然《ぐうぜん》にも見知った顔がいた。

（ジェフリーだ。あいつになら託《たく》せる！）

そこにいたのはかつて副騎士団長であったジェフリーだ。彼はエリネと同じ時期に入団している。入団試験希望者に支給される胸当てと木刀を持っているが、広場から離れてここにいる様子から初戦を終えて休憩《きゅうけい》しにきたのだろう。

エリネは躊躇《ためら》いなく、ジェフリーのもとに寄っていく。

「そこの方、お待ちください！」

エリネが声をかけるとジェフリーは足を止めた。

「騎士《きし》を目指す方とお見受けします。どうか、助けていただけないでしょうか。若い方が、怪しげな方々に連れて行かれるのを見たのです」

そう告げて路地を指で示す。

既《すで》に娘は路地の向こうに連れて行かれようとしていた。

「っ——ご報告、感謝します！」

返答もそこそこに駆《か》け出すジェフリーの姿を見て、エリネはこの判断が間違《まちが》っていないと確信した。ジェフリーは正義感に厚く、騎士団に入る前の現在でも充分《じゅうぶん》な実力がある。彼に任せれば路地での出来事も解決するだろう。エリネはほっと息をつく。

「……ふうん」

聞こえてきたのは意味深なフラインの声だった。彼の視線は路地に消えていったジェフリーではなく、エリネに向けられている。

（まだフラインが残っていた……）

このフラインという男は厄介《やっかい》である。美しい容姿をしているが、その腹は真っ黒だとエリネはよく知っている。微笑《ほほえ》みを絶やさずにいるが、その瞳はこちらの心を見透《みす》かすように鋭《するど》く、その口から出るのは意味深なものや人を揶揄《からか》うものばかり。人を食った言動ばかりするので、彼の対応に苦慮《くりょ》することがあった。信頼《しんらい》はしているのだが、本心が掴《つか》みにくい。

そのフラインがこちらに近寄ってくる。顎《あご》に手を添《そ》えながら、エリネから視線は剝《は》がさない。こちらを観察しているのだ。

「さっきは飛びこんでいきそうだったのに、あんな風に助けを求めるなんて」

「きっと見間違い……ですわ」

ほほ、と苦し紛れに笑ってみせる。しかしフラインには響《ひび》かぬようで彼は距離《きょり》を詰《つ》めるなり、じいとエリネを覗《のぞ》きこんだ。

「誰《だれ》よりも早く危機を察する力は簡単に得られるものじゃない。さっきの彼もいい動きをしていたけれど、案外君も騎士に向いているかもね？」

「冗談《じょうだん》はおやめください」

「うーん。ここにいるのが惜しまれる。今すぐ広場に行って入団試験を受けてきたら？　君なら活躍《かつやく》できそう」

軽口なのか、それとも本気なのか。フラインという男は顔から感情がわかりにくい。しかし本気で言っているのなら、フラインには先見の明があると言えよう。

（実際、騎士になっていたからな……活躍もしていたし）

ただの令嬢《れいじょう》にしか見えないだろうエリネからそれを嗅《か》ぎ取るとは、恐《おそ》ろしい観察眼だ。

しかし讃《たた》えるよりも、今はこの場を脱《だっ》しなければ。

「急いでいるので、失礼いたします」

下手に反論すればぼろが出る。ならば最善の策は逃走《とうそう》だ。この厄介な男から離《はな》れるのが一番である。エリネはフラインに背を向け、足早に去っていった。


もう少し街で時間を潰《つぶ》してから屋敷《やしき》に戻《もど》りたかったが、そうせずに真っ直《す》ぐ帰ったのはフラインと顔を合わせるのを恐れたためだ。

だというのに——屋敷に戻ったエリネは我が目を疑った。

「ああ。おかえり」

屋敷に、なぜかフラインがいた。どういうわけか両親とライカに交ざって談笑《だんしょう》している。

(頭が痛い……どうなっているの……)

逃《に》げ切ったと安堵《あんど》していただけに、どっと疲《つか》れが押し寄せてくる。額を押さえて俯《うつむ》くのはエリネだけで、ライカは笑みを浮《う》かべている。

「お姉様、おかえりなさい。戻るのを待っていたのよ。フライン様のお話がとても面白《おもしろ》いの。お姉様にこんな知り合いの方がいたなんて知らなかったわ」

知り合いといえばそうだが、街で少し話しただけだ。

フラインは恐ろしいほどに馴染《なじ》んでいる。エリネが戻るまでの間に、しっかりと両親やライカの心を摑んだようだ。

「では、僕はエリネと話してくるよ。このまま話していると楽しすぎて、本来の目的を忘れてしまいそうだ」

「あらあら。もっとゆっくりしてくださってもよいのに」

名残惜《なごりお》しそうな顔をしながらもフラインは立ち上がり、こちらに近づいてくる。エリネに逃げる場はなく、仕方なくフラインを自室に招くことにした。

「……どうして、ここがわかったの？」

自室に入り、使用人が茶と菓子《かし》を運んできて去った後、エリネはおずおずと聞いた。

フラインはというと、茶を飲んで悠然《ゆうぜん》とした態度である。彼は「うん？」と呑気《のんき》な声をあげてから答えた。

「淑《しと》やかに話さないの？　街であった時と口調が違《ちが》うけど」

「あなたが不審《ふしん》すぎるからやめた。それで、どうしてここに？」

令嬢として振《ふ》る舞いたいところだが、フライン相手だと嘘《うそ》を見抜《みぬ》かれてしまいそうで怖《こわ》くなる。ならばもう、普段《ふだん》通りに話した方が良いだろう。

「君が僕の名前を知っていたのに、僕は君の名前を知らない。これは不公平じゃないか。だからここに来たんだよ。僕、そういうの調べやすい立場にいるから。君も知っているでしょ、ミリタニア魔術《まじゅつ》士団」

フラインは満面の笑《え》みを浮かべて、自らのローブについた鷲《わし》の紋章《もんしょう》を指で示す。それはミリタニアが認める魔術士の証《あかし》。

この頃《ころ》から、ミリタニア王は随分《ずいぶん》とフラインを可愛《かわい》がっていた。幼少から魔術の才能を発揮したフラインに期待し、魔術士塔《とう》に彼専用の研究室を作ったほどである。

（早駆けの魔術で王宮に戻り、私のことを調べたんだろう）

興味を持ったものには妙《みょう》な行動力を発揮するのがフラインだと忘れていた。彼ならば、この短時間でエリネを特定したのも頷《うなず》ける。

（迂闊《うかつ》だった。あの時に、フラインの名前を呼ばなければ、こんなことには）

後悔《こうかい》しても遅《おそ》い。フラインは楽しげな様子である。まだ帰る気はないだろう。人をからかって遊ぶ時の顔をしている。

「君の妹から聞いたけれど、騎士になりたかったんだって？　やっぱり僕の言った通りじゃないか。君は騎士に向いているよ。それで入団試験を受けたの？」

「私は騎士にならない。だから試験を受けるつもりはないよ」

「ふうん。ねえ、それって縁談《えんだん》が理由？」

軽い口調で、流れるように問いかけてくる。言い当てられた気まずさに顔を顰《しか》めていると、フラインが得意げに続けた。

「君の妹に教えてもらったんだよ。ええと、ゼボル侯爵《こうしゃく》との縁談だっけ」

いったい、ライカはどこまでを話したのか。フラインの厄介さに気づかず、呑気にあれこれと語ってしまったのかもしれない。

こうなれば隠《かく》しておくのは難しい。この男に嘘をついたところで、どうせ見抜かれる。

そう考えた結果、エリネは正直に告げた。

「縁談を受けるつもり。だから騎士《きし》にならないと決めた」

「……縁談、ね」

聞こえてきたのは、何やら考えこんでいるフラインの声だ。見れば顎に手を添え、俯き気味である。反応が気になりじっと見つめていると、ウィスタリア色の瞳《ひとみ》だけがじろりとこちらを向いた。

「人を助けに飛び出そうとしていた君が縁談？　相手が可哀想《かわいそう》だ」

「あれは違う。フラインの見間違いだから」

「でも、指をぽきぽき鳴らして手首をぐるぐると回して、今にも飛びこもうと準備をしているようだった」

「くっ……て、手首と指の運動をしただけ！」

そこまで観察されていたとは予想外だ。無理やりでもごまかし続けるしかない。

「私は令嬢として生きる。だから、この縁談は私が受ける」

「騎士ではなく令嬢として生きたいのなら、縁談を受ける必要はないよ。別に君が結婚《けっこん》しなくとも他《ほか》の者が結婚するかもしれない」

「私が受ける！」

ただの話し合いのつもりが、だんだんと口調が荒《あら》くなっていく。見ればフラインも、余《よ》裕《ゆう》がなくなってきたのか表情から笑みが消えている。

（この縁談は私が受けなければ大変なことになる。だけど、どう話せばフラインに理解してもらえるだろう。過去に戻る前のフラインなら相談できたけれど……目の前にいるフラインは、あの頃《ころ》と違う。知り合ったばかりで、底が知れない）

未来を知っているがゆえに、エリネはこの選択《せんたく》を曲げられない。そしてこの選択に至った理由を明かせない。説明をするのが難しいと歯がみする。

「どうして君が結婚をするの？」

フラインはなかなか折れず、質問を繰《く》り返すばかりだ。エリネとしては彼が納得《なっとく》する返答を探すのに忙《いそが》しく、しかし思いつくものを述べてもフラインは引く気がない。

ついにエリネの苛立《いらだ》ちも頂点に達した。

「幸せになりたいから、結婚する！」

強い口調でエリネは言い放った。

それがどのような影響《えいきょう》を与《あた》えたのかは、突如《とつじょ》として沈黙《ちんもく》に包まれた空気が物語っていた。

フラインはぽかんと口を開け呆然《ぼうぜん》としている。

（う、嘘ではない。縁談を受けることで家族を守って、私も家族も幸せになるんだから）

とはいえ、これまで息巻いていたフラインの態度が急変したことで、気まずさが生じていた。よくない発言をしたような心地《ここち》になる。

「……君が？　幸せ？」

ようやくフラインが動きだしたと思えば、手で口元を覆《おお》い、こちらから顔を背《そむ》けて何やらぶつぶつと呟《つぶや》いていた。声量が絞《しぼ》られていたため、全《すべ》ては聞き取れない。

（嘘は……言っていない……）

訂正《ていせい》すべきだろうか。迷っているうちに、フラインがこちらに向き直った。

「なるほど。よくわかった。君は面白いね」

打って変わって、今度は満面の笑みである。

そういえば、彼がこのように笑みを浮かべる時、エリネの身に降りかかるのは面倒事《めんどう》だった――それを思い出すと同時に、フラインが告げる。

「じゃあ僕は、君の結婚を見守ろう」

「は？」

見守る、とは。予想外の提案である。気の抜《ぬ》けた声がエリネの唇《くちびる》からこぼれた。

「君は面白いからね。もう少し観察しようかなって」

「あ……いえ、それは結構です」

「断るなんて悲しいよ。僕は口が軽いからね、騎士団に入れば大活躍《だいかつやく》しちゃいそうな身体《しんたい》能力の高さや戦闘《せんとう》の勘《かん》のよさについて喋《しゃべ》ってしまうかもしれない」

フラインの笑顔が隠す意図に、エリネも気づいた。さあっと顔が青ざめていく。

「人助けに飛びだそうとしたり、騎士に憧《あこが》れたり、剣術《けんじゅつ》の稽古《けいこ》が趣味《しゅみ》だったりなんて、ゼボル侯爵家は知っているのかな。武闘派《ぶとうは》の物騒《ぶっそう》な令嬢《れいじょう》と知ったら、縁談相手を切り替《か》えるかもしれない。例えば君の妹との縁談になるかもね」

これは脅《おど》しだ。近くで観察させてくれなければ、エリネが騎士団向きの身体能力を持っていると周囲に明かすつもりでいるのだ。

「そ、それは困る！」

「じゃあ僕が口外しないためにはどうしたらいいかな？」

「うぐぐ……」

ゼボル家はエリネをごく普通《ふつう》の令嬢だと思っているに違いないのだ。それが、騎士を目指し、日々訓練に明け暮れる武闘派令嬢と知れば、この縁談はどうなるかわからない。フラインが口外しないよう、要求を呑《の》むしかない。

（……フラインめ！）

弱みを握《にぎ》られている。悔《くや》しさに睨《にら》んでみるも、彼の余裕は崩《くず》れそうになかった。

前の人生では、ゼボル侯爵と婚約《こんやく》したのは妹のライカだった。

当初はエリネ宛《あて》の縁談だったが、エリネが騎士団に入団すると決まったため、代わりにライカが嫁《とつ》ぐことになった。

しかしこの縁談は、婚約発表パーティーにて終焉《しゅうえん》を迎《むか》える。その場でゼボル侯爵がライカの罪を曝《あば》いたのだ。

ゼボル侯爵曰《いわ》く、ノース伯爵令嬢《はくしゃくれいじょう》の美貌《びぼう》に嫉妬《しっと》をしたライカは、彼女に嫌《いや》がらせをし、時には野犬に襲《おそ》わせ、時には階段から突《つ》き落としたという。他者を苦しめるような娘《むすめ》と結婚はできないとして、ゼボル侯爵は、皆《みな》が集まる前で婚約破棄《こんやくはき》を告げたのだ。

(でもライカはそんな子じゃない。誰《だれ》かがライカに罪を着せたんだ)

自分はやっていないと主張をするも信じてもらえず、婚約破棄をされた娘のレッテルに苦しんだライカは自らの人生を絶つ。

その頃のエリネは家を出て、新米騎士団員として駐屯地《ちゅうとんち》にいた。エリネを応援《おうえん》していたライカは余計な心配をかけまいと、この状況《じょうきょう》を姉に伝えずにいたのだ。エリネが全てを知った時には遅《おそ》かった。エリネ宛の遺書には、これまでの出来事について書かれ、結びに

『どうか私を信じてください』とあった。

エリネはもちろんライカを信じている。幼い頃から、他の子に罵《ののし》られようが叩《たた》かれようが、泣いて耐《た》え、反撃《はんげき》をしないのかと聞いても相手が嫌がることはしないと話すほど優《やさ》しい子だった。そんなライカが、人を階段から突き落とすなどできるとは思いがたい。

しかしマクレディア家の不幸は続く。ライカを失った両親は悲しみに暮れ、特に父は悲しみから寝込《ねこ》んでしまった。そうして家に籠《こ》もるようになった頃——何者かが家に押し入って金品を奪《うば》い、両親を殺して、屋敷《やしき》に火を放つのだ。

もしもライカが死んでいなければ、父は寝込まずにいただろう。エリネほどではないが剣術の心得はある人だったから、不審《ふしん》者が屋敷に入れば気づいたはずだ。

（だからこの縁談が……ライカを守ることが、何よりも大事）

ライカを苦しめたものを知るため、今度は自分が縁談を受けてみようと思ったのだ。

ゼボル侯爵との縁談はエリネが受けると決まった。ライカは最後まで渋《しぶ》っていたが、入団試験で落ちたのだから仕方ないと諦《あきら》めさせ、縁談についてはまとまっている。婚約発表のパーティーはまだ先だが、裏では結婚に向けて準備が進んでいた。

そんな中、エリネが乗る馬車はある場所に向かっていた。

（ゼボル侯爵《こうしゃく》家に嫁ぐとなれば、苦手だったお茶会にも顔を出さないとね）

令嬢同士の関《かか》わりを避《さ》けてきたエリネだったが、ゼボル侯爵夫人になるのだから避けてはいられない。侯爵家に嫁ぐ令嬢として社交力は必要である。

ドレスはライカに選んでもらった。もう少し地味でいいと話したが『お姉様、やはり似合います』と最愛の妹に褒《ほ》めちぎられた結果だ。意見が衝突《しょうとつ》する時はあれど、やはり妹は可愛《かわい》くて仕方ない。

そうして、本日の目的地であるウィゼナ公爵家に着いた。ゼボル侯爵との婚約は発表前であるが、令嬢たちの噂《うわさ》は早いため、ほとんどの者が知っているだろう。

そう思っていたのだが――お茶会の場は、予想と異なる空気に染まっていた。

集まった令嬢たちがきゃあきゃあと騒《さわ》いでいる場所。その中央には令嬢たちから頭ひとつ飛び出し、微笑《ほほえ》んでいる銀髪《ぎんぱつ》の男がいる。フラインだ。

（なぜ、いる）

彼はエリネを見つけるなり、手をあげてこちらにやってきた。

「やあ、エリネ。君も来たんだね」

偶然《ぐうぜん》と言いたげだが、どうにも胡散臭《うさんくさ》く、エリネはじっと睨みつけた。

フラインのことだ。エリネがこのお茶会に参加すると事前に知ったのだろう。

「令嬢たちのお茶会と聞いていたけど？」

「そうらしいね。でも僕がお願いしたら、みんな参加を快諾《かいだく》してくれたよ。きっと僕の顔が綺麗《きれい》だから見蕩《みと》れちゃったんだね」

ははっ、と軽くフラインは笑っている。

これは令嬢たちの警戒心《けいかいしん》のなさというよりも、フラインの美貌のせいだろう。フラインは腹が黒いくせに顔は整っている。悔しいが認めざるを得ない。

前の人生でもそうだった。フラインに言い寄る女性は多く、魔術士塔《まじゅつしとう》にはいつも彼宛の贈《おく》り物が届き、王宮外の任務では騎士の中で最も人気があったほどだ。当時の騎士《きし》と魔術士の中で最も人気があったのだが、浮《う》いた話はまったくなかった。声をかけられても素っ気ない対応をするばかりだ。

(そういった話に興味がないんだろう。それを言えば私も同じだけど)

互《たが》いに独身を貫《つらぬ》き、騎士団長と筆頭魔術士になっているのだから、ある意味では似ているのかもしれない。

苦笑《くしょう》しつつも、エリネは周囲を確かめる。お茶会が始まるまで公爵家の庭を散策することになっているのだが、皆のように楽しく談笑をするどころではない。

(まずは周囲の状況を把握《はあく》しないと)

騎士の心得である。常に周囲を警戒し、突然《とつぜん》の事態が起こらぬように備える。

(警備が手薄《てうす》なところ。逃《に》げ道となりやすい場所。不審な人物がいないか——)

その姿は、令嬢の装《よそお》いをしながらも険しい顔であたりを見回す不審人物だ。そんな様子に気づいたのか、フラインがこちらにやってくる。

「エリネ、眉間《みけん》の皺《しわ》がすごいよ？」

「これはいつもだから」

「そうではなく。もう少し、気を緩《ゆる》めてもいいんじゃないのって。お茶会でしょ？」

ようやく意味を悟《さと》り、エリネは咳払《せきばら》いをする。皺をほぐすように眉間を指で撫《な》で、言い訳を呟《つぶや》いた。

「お茶会には……慣れていないので」

この言い訳をフラインが飲みこんだかはともかく、エリネは改めて周囲を見る。険しい顔をしないように気を遣《つか》いながら。

エリネの視界に止まったのは、さらりとした髪《かみ》を二つに結った令嬢だ。

（この人がディアナ・ノース伯爵令嬢。ライカの遺書にもあった人）

さらさらとした薄茶《うすちゃ》の長い髪に、青い瞳《ひとみ》。愛らしい顔つきは庇護《ひご》欲《よく》がかきたてられ、その横顔は美術品を思わせるように美しい。ディアナは噂通りの美貌の持ち主だった。

（随分《ずいぶん》と顔色が悪い。緊張《きんちょう》してる？）

平然としているように見えるが、ディアナの動きはそわそわと落ち着かない様子である。

エリネは警戒し、ディアナが見える位置を陣取《じんど》る。近すぎず遠すぎずの距離《きょり》を保った。

すると主催《しゅさい》であるウィゼナ公爵令嬢《こうしゃくれいじょう》が手を叩いて皆を呼んだ。

「皆様《みなさま》。こちらにいらして。今日咲《さ》いたばかりの――」

おそらくは彼女の後ろに咲く薔薇《ばら》の話をしようとしたのだろう。だが、その言葉は途中《とちゅう》で遮《さえぎ》られた。

駆《か》けてくる音と吠《ほ》える声。遠くより聞こえたそれに、エリネの体が反応する。

「皆、逃げて！」

エリネが叫《さけ》ぶ。それと同時に、庭の奥から犬が駆けてきた。

痩《や》せ細り、体に葉や泥《どろ》がついていることから野犬だろう。気が立っているのか、何度も吠えながら、一目散に走ってくる。

庭にはいくつもの悲鳴が響《ひび》き渡《わた》る。令嬢たちは逃げ出そうとしたが、動きはばらついている。屋敷に逃げた者もいれば、怯《おび》えて動けない者もいた。

（ディアナは……どうして逃げない？）

視線だけを動かし、ディアナの様子を確かめる。ディアナはその場に立ち尽《つ》くしていた。今にも泣きそうな目をしているが、その場に留《とど》まっている。

そして不運にも、野犬が狙《ねら》っているのはディアナのようだった。他《ほか》の令嬢に目も向けず、ディアナのもとに向かっていく。何か、惹《ひ》かれるものがあるのかもしれない。

相手の狙いがわかれば、エリネの動きは速い。

まずはテーブルに寄る。お茶会の用意が進められていたテーブルからナイフを手に取り、クロスを引き抜《ぬ》く。素早《すばや》い動きのため、皿やカトラリーは落とさず布だけを引き抜けた。

そのクロスを右手に巻き付けながら、ディアナのもとに駆ける。

（よし、これなら渡り合える）

野犬が迫《せま》り、ディアナに噛《か》みつこうと口を開いた瞬間《しゅんかん》――エリネはディアナを庇《かば》うように前に出て、野犬に自らの手を噛ませた。何重にもクロスを巻き付けていたため、鋭《するど》い歯は肌《はだ》に刺《さ》さらない。

「今のうちに逃げて！」

対の手でぐっと犬の頭を押さえつけ、動きを封《ふう》じながら叫ぶ。

すると、呆然《ぼうぜん》としていたディアナが我《われ》にかえったかのように体を震《ふる》わせた。腰《こし》を抜かし、その場に座りこむ。野犬への恐怖《きょうふ》というよりも、困惑《こんわく》しているかのようにエリネを見上げていた。

（逃げる余裕《よゆう》はなさそう。そうなれば守りながら戦うしかない）

エリネは右手を大きく振《ふ》り払《はら》った。この勢いで牙《きば》が抜け、野犬はエリネから離《はな》れる。

野犬は距離を取っても、諦める様子がなかった。相変わらずディアナを狙い、唸《うな》り声をあげながら睨《ね》めつけている。

（私が眼中にないかのような動きだ。ディアナだけを狙う理由。何か、野犬の気を引くものがある？）

気になることといえばディアナが纏《まと》っている香《かお》りだ。彼女からは不思議な香りがする。もしかすると野犬はこれに反応しているのかもしれない。

それを確かめる間はない。まずは野犬を鎮《しず》めなければ。

「私が相手になる！」

ディアナを庇うように立ち、先ほど手にしたナイフを向ける。

その姿はまさに騎士。『堅氷《けんぴょう》の番犬』と呼ばれていた頃《ころ》と同じく、冷気を纏《まと》った鋭い眼光である。得物は食事用のナイフだが、エリネにはじゅうぶんだった。野生動物を相手にして大事なのは得物よりも威圧《いあつ》。エリネには敵《かな》わないと、動物の本能に訴《うった》えるのだ。

野犬はエリネに向けて唸り声をあげていたが——次第《しだい》にその声が小さくなっていく。屈《くっ》したのだ。エリネの気迫《きはく》から力の差を悟った野犬は、こちらを睨みながらも後退《あとずさ》りをする。そして距離を開いた後、背を向けて走り去ってしまった。

エリネはしばらくナイフを構えていた。だが野犬は姿を消し、戻《もど》ってくる様子はない。どこかに潜《ひそ》んでいる気配もなかった。

守りぬいたのだ。誰《だれ》かを傷つけることなく。

「エリネ様！」

短く息をついたエリネに駆け寄ってきたのはウィゼナ公爵令嬢だった。

振り返ると、ウィゼナ公爵令嬢だけではない。屋敷《やしき》に逃げた令嬢らは皆《みな》でエリネの様子を見ていたようだ。

（やってしまった……！）

かろうじて笑顔《えがお》を保っているが、エリネの心は大荒《おおあ》れである。

伯爵令嬢《はくしゃくれいじょう》として淑《しと》やかに振る舞《ま》うつもりであった。だが、手にしているのはナイフで、殺気を放って野犬と対峙《たいじ》してしまった。令嬢らしからぬ行動ばかりである。

どう言い訳をするべきか。

悩《なや》むエリネに聞こえてきたのは予想外の声だった。

「見事でしたわ……なんて素敵なの……」

陶酔《とうすい》を含《ふく》んだような言葉はウィゼナ公爵令嬢から発せられたものだ。顔を朱《しゅ》に染め、エリネを見つめている。

「まるで騎士のよう。勇ましくて格好いい」

「私も先ほどのように庇われてみたい」

令嬢にしては野蛮《やばん》だと罵《ののし》られると思っていたが、なぜか讃《たた》えられている。この状況《じょうきょう》が理解できず、エリネは困惑していた。

「あ、あの……皆さん、お怪我《けが》は？」

念のため確認《かくにん》する。皆はなぜか嬉《うれ》しそうにし、首を横に振った。

「ありませんわ！　エリネ様に助けていただいたもの」

「先ほどのをもう一度！　私にもお願いします！」

　無事ならば何よりだが、令嬢らはすっかりと元気になり、エリネを取り囲んでいる。

（ディアナの様子を確かめたいのに、これでは近づけない）

　エリネに助けられても表情は冴《さ》えないままだったディアナはどうしているのか。姿は見えなくなっている。捜《さが》しにいきたいが、これでは身動きが取りにくい。

「エリネ。こっちに」

　そんなエリネに助け船を出したのはフラインだった。フラインは背が高いため、令嬢らに囲まれていてもよく見える。

　手を引かれ、エリネは令嬢らの囲みから脱《だっ》する。エリネがいなくなっても、テーブルクロスを引き抜く時の早業《はやわざ》や食器が割れていない等の話で令嬢らは盛り上がっていた。

　令嬢らの集まりから離れたところで、エリネとフラインは顔を見合わせる。

「……君、大活躍《だいかつやく》だね」

　フラインは苦笑《くしょう》していた。

「これでは君を普通《ふつう》の令嬢だと思う人はいないよ」

「失敗したと思ってる。でも咄嗟《とっさ》に体が動いてしまったから」

「僕に頼《たよ》ればよかったのに。君ったら、すごい速さで動くんだもの」

　騎士《きし》みたいだ、と見抜《みぬ》かれているような気がして、エリネはぎこちなく笑って誤魔化《ごまか》す。

（ライカの時にも犬が現れ、ディアナが襲《おそ》われている。解き放ったのはライカだと聞いていたけれど……）

でっちあげだろうとは思っていたが、やはりそのようだ。ライカがいなくても野犬が現れたのだから。

（今後も警戒《けいかい》するに越《こ》したことはない）

この騒《さわ》ぎによってお茶会は中止になるようだ。だが、この後も何が起きるかわからない。エリネは眉間《みけん》にぐっと皺《しわ》を寄せ、深くため息をついた。

野犬が現れたお茶会の日から数日後。今度は、ノース伯爵《はくしゃく》家に向かっていた。

ノース伯爵家は芸術を好むため、家には絵画や陶芸《とうげい》品が多い。美術品を眺《なが》めた後にお茶会という名目でディアナ・ノース伯爵令嬢が皆を集めたのだ。

（ライカが婚約《こんやく》していた時にも、この会は開催《かいさい》されていた）

馬車がノース伯爵家に着いた。ほとんどの令嬢は到着《とうちゃく》しているようだが、中庭が騒がしい。その中心にいる人物と目を合わせるなり、エリネは額を押さえた。

（……どこにでも現れる）

令嬢らに囲まれているフラインの姿も見慣れてしまったような気がする。今回もエリネがここに来ると知って、先回りしたのだろう。

（どこまでついてくるつもりなのか、今度聞き出さないと）

そう考えているうちに、主催《しゅさい》のディアナがやってきて、屋敷の中に案内をした。自慢《じまん》のコレクションは大階段をのぼった先の展示室にあるらしい。

皆と同じようにエリネも階段をのぼる。するとフラインが追いかけてきて、隣《となり》に並んだ。

「挨拶《あいさつ》ぐらいしてくれればよかったのに」

「そんな隙《すき》もないほど、女性に囲まれていたくせに」

「え、まさか嫉妬《しっと》してる？　やだなあ。君は特別扱《あつか》いしてあげるのに」

人を揶揄《からか》って楽しむフラインに付き合えば疲《つか》れるだけだ。大袈裟《おおげさ》にため息をついて話を打ち切り、エリネは歩き出す。すぐにフラインも後ろをついてきた。

ノース伯爵家のコレクションは噂《うわさ》通り素晴らしいものであった。取り寄せたという白磁の壺《つぼ》に、隣国《りんごく》の人気画家が描《か》いた絵。同じ伯爵位を授かる家だが、マクレディア家はここまで豊かではない。財力の差を見せつけられている心地《ここち》だ。

（ノース伯爵家はこれほど豊かだった？　資金源について聞いたことがないけれど）

騎士団長として在籍《ざいせき》していた頃、様々な貴族の話を聞いた。だが、ノース伯爵家についてはまったく聞いていない。派閥《はばつ》としては魔《ま》派になるのだが、目立った話はなかった。

「この絵が気になる？」

絵画を見上げていると、フラインに声をかけられた。

エリネはこういった芸術に疎《うと》い。それよりも体を動かす方を好む性格だ。今も、考えごとをしていなければ、ここまで集中して絵を眺めていなかっただろう。

「見事な絵だなって」

「時間をかけて見ていた割に、薄《うす》っぺらな感想だね」

それはその通りだ。絵に興味があるわけではなく、この絵を手に入れたノース伯爵家の懐《ふところ》事情について考えていたのだから。

「……ところで、どこまでついてくるつもり？」

「君の後ろをずっと追いかけるつもりだけど？」

フラインはからりとした態度で答えている。確かに、ここに着いて階段をのぼる前から
フラインはエリネのそばにいる。何かを気にするように後ろを歩いていた。

「そうじゃなくて、私が行く先々にいるのはどうしてと聞いているの」

「そりゃ君の観察をするためだよ」

悪びれない態度から、フラインは本気でエリネを観察しているのだろう。

再び絵画を見やろうとすると、ディアナが声をあげた。

「皆さん。そろそろ中庭にいらしてください。お茶会の用意ができております」

この言葉を合図に、令嬢らが展示室を出て行く。エリネも皆と同じく続いた。後ろには
フラインがいるが、エリネは構わず先を進む。

ディアナはというと、階段のそばに立ち「こちらです」と令嬢らに声をかけていた。案内しているのだろう。

だが、エリネを見るなり、ディアナの表情は強張《こわば》った。先ほどまで案内をしていたというのに、エリネの前に割りこむようにして階段を下りる列に交じる。

（……この日、ディアナ・ノースは階段から落ちる）

そして階段を下りはじめて少し――前にいたはずの、ディアナの体が不自然に揺《ゆ》れた。バランスを失い、体は前のめりに落ちていく。足はもう、階段から離《はな》れようとしていた。豪華《ごうか》なドレスがふわりと揺れた。ディアナの長い髪《かみ》も、美しい体も、落ちていく。

「危ない！」

エリネの叫《さけ》びが響《ひび》いた。

こつん、と何かが落ちていく。

「……よかった」

階段から落ちていったのは――美しい装飾《そうしょく》の靴《くつ》だけ。その持ち主はというと階段から落ちる寸前で助けられていた。

落ちる寸前、ディアナに手を伸《の》ばしたのはエリネだった。危機にいち早く気づき反応する。これも騎士の心得だ。エリネはディアナの腕《うで》を摑《つか》むだけでなく、その体を引き寄せた。万

階段は足場が小さく不安定で、腕を引っ張っただけでは支えきれないと判断したのだ。万

が一エリネが落ちたとしてもディアナを守れるよう、自らの腕の中に抱《だ》き寄せている。

「怪我《けが》はない？」

ディアナの様子を確かめ、問う。

「あ……は、はいっ」

「階段を下りる時は気をつけてくださいね」

ディアナはというと、なぜか驚《おどろ》いたような顔をしていたが、頰《ほお》が赤らんでいる。同じ女性であっても距離《きょり》の近さを恥《は》じらったのかもしれない。

このやりとりを、もちろん他《ほか》の令嬢らも見つめていた。ディアナが落ちそうになった時は息を呑《の》んだことだろう。それが今は、きゃあきゃあと黄色い声に変わっている。

「い、今のを見まして!?」

「なんて格好いい……い、いえ、エリネ様に失礼ですわね」

「騎士様のようでしたわ！」

瞬時《しゅんじ》に助け、さらには腕の中に抱きしめる。令嬢たちがうっとりする華麗《かれい》な動きを、エリネは流れるように実践《じっせん》したのだ。騒ぐのも当然である。

「っ、こ、こんなつもりじゃ……！」

他の者らが騒ぐ中、ディアナは顔を赤くして震《ふる》えていた。恥じらいだけでなく、何かに怯《おび》えているようにも見える。

「し、失礼いたします！」

エリネの腕を振《ふ》りほどき、ディアナは逃《に》げるように階段を下りてしまった。

追いかけたいところだったが、階段を下りたエリネを待ち構えていたのは他の令嬢らである。エリネは一気に囲まれた。

「素敵《すてき》でしたわ！」

「どこで学んだのかしら。まるで王子様のよう」

「今のを私にも！　お願いします！」

この歓声《かんせい》は今日だけでなく、公爵《こうしやく》家で野犬から守り抜《ぬ》いた功績も影響《えいきよう》しているだろう。

四方を令嬢らに囲まれ、あちこちから声をかけられる。

（女性たちに人気のフラインも、こういう気持ちを味わっているのかもしれない）

曖昧《あいまい》に笑って応《こた》えながらも、心の中で苦笑《くしよう》する。フラインが鰾膠《にべ》もない態度を取っていた気持ちが、今はわかる気がした。

「エリネ。行こう」

フラインに声をかけられたエリネは我《われ》に返り、令嬢らの輪を抜け出していく。

「助かったよ。声をかけてくれなかったら、きっと抜け出せなかった」

「面白《おもしろ》いものを見せてもらったからね。君が、誰《だれ》かを押したなんて濡《ぬ》れ衣《ぎぬ》を着せられたらと思っていたけど……その必要はなかったようだ」

フラインはからかうように話しているが、エリネには思うところがあった。

(ライカの時も、同じ場面でディアナが階段から落ちている。でも、ライカがいなくても同じことが起きる)

今回、エリネはディアナに触《ふ》れていない。だというのに彼女は階段から落ちそうになった。誰かが彼女を突《つ》き飛ばす様子もなかったというのに。

⚜

その後もエリネは積極的に出掛《でか》けた。そのたびにディアナ・ノース伯爵令嬢《はくしやくれいじよう》に不運な出来事が襲《おそ》いかかるのだが、エリネは全《すべ》てを予測し、彼女を守っていった。

エリネは街の裏通りを歩いていた。用事を終えて屋敷《やしき》に戻《もど》る途中《とちゆう》である。

(明日は婚約《こんやく》発表パーティーがある。昼にはゼボル侯爵《こうしやく》家に移動するとして――)

婚約相手であるゼボル侯爵は不思議な男だ。というのも、縁談《えんだん》が決まってから今日まで一度も会っていない。

(政略結婚だから私に興味がないのかもしれないけれど、薄情《はくじよう》な人って印象が拭《ぬぐ》えない)

ライカも、そうだったのだろうか。だとするならば不安を抱《いだ》き続けていただろう。

ふと顔をあげると、路肩《ろかた》にて果物を並べた露店《ろてん》があった。店で働くお母さんの隣《となり》には、小さな子どもがいる。二人のやりとりにエリネは微笑む。

(そうだ。林檎《りんご》を買って帰ったら、ライカが喜ぶかもしれない)

街に出ると聞いて寂《さび》しそうにしていたライカを思い出し、早速《さっそく》ワゴンに寄る。

艶々《つやつや》とした美味《おい》しそうな林檎である。これは良い土産《みやげ》だ。ライカも喜んでくれるだろう。

購入《こうにゅう》した林檎を手に、屋敷までの道のりを行く——つもりであった。

(あれは?)

ここは酒場や宿があり、一般《いっぱん》大衆向けの区域である。だというのに、周囲に馴染《なじ》まぬほど華《はな》やかな装《よそお》いをした者が二人。身を隠《かく》すように日陰《ひかげ》の路地でこそこそと話し合っている。

「……ですから、もう」

「わかっている。だが、こうしなければあの方が……」

二人の距離は近い。ドレスを着た令嬢《れいじょう》は泣き、男がその頬に手を添《そ》えて慰《なぐさ》めている。

そのやりとりが気になり、エリネは近づく。そして彼らの顔を確かめた時だ。

(ディアナ・ノース伯爵令嬢と……ゼボル侯爵?)

明日には婚約発表パーティーだというのにディアナと密会中のようだ。

(あいつ……!)

この場面はエリネの神経を逆撫でした。自分と一度も会わずに何をしているのか。

その苛立《いらだ》ちが、左手に集中する。

ぱしぱし、ぴき、と音がした。そしてすぐに細かな欠片《かけら》と果汁《かじゅう》が飛び散る。

「……え？」

突然《とつぜん》、謎《なぞ》の汁《しる》と欠片が飛び散ってきたのだ。ゼボル侯爵とディアナが驚き、振り返る。

「ごきげんよう。お二人とも」

そこに立っているのは、あちこちに林檎の欠片をくっつけたエリネだ。強く握《にぎ》りしめた左手からぽたぽたと林檎の果汁が滴《した》り落ちているのだが、視線は二人に向き、不気味なほどにっこりと微笑んでいる。

「ひ、ひいい……」

ゼボル侯爵は悲鳴をあげながら後退《あとずさ》りをし、ディアナもがくがくと震えていた。

当然である。密会現場を目撃《もくげき》してしまった怒《いか》りで林檎を握りつぶす令嬢が、平然と挨拶《あいさつ》をしているのだから。

「ゼボル侯爵ったら、一度も私に会いにきていないというのに、ディアナ様とは随分《ずいぶん》仲がよろしいのですね？」

「あ……ああ……」

「いくら政略結婚といえど、一度ぐらいは屋敷にいらしてはいかが？　お忙《いそが》しいのかと思っていましたが、ディアナ様と会うお時間はあるようですし」

今のエリネは怒りに支配されている。

ライカを傷つけた者たちが、こんな風に会っていたなんて。この手中にあるのが剣《けん》でなくてよかった。

「し、失礼します！」

がくがくと震えていた二人は、さっと背を向けて逃げてしまった。

林檎の欠片を頬につけたまま、エリネは消えた彼らを睨《にら》む。

（ゼボル侯爵家、ノース伯爵《はくしゃく》家。どちらも魔《ま》派であるから共通点はあるけど……）

エリネの記憶《きおく》によると、ゼボル侯爵はライカとの婚約を破棄《はき》した後、ディアナを妻に迎《むか》える。ライカをきっかけに知り合い、親睦《しんぼく》を深めていったと噂《うわさ》を聞いているが、今のやりとりを見るに、二人は既《すで》に顔見知りのようだ。

（っと、そんな場合じゃない。癖《くせ》でまたやってしまった！）

はっと我に返り、エリネは自らの格好を確かめる。林檎まみれである。これではライカを喜ばせるどころか『お姉様ったらまた握力《あくりょく》の無駄《むだ》遣《づか》いをして！』と怒《おこ》られてしまう。

（……買い直しに行こう）

屋敷に戻るとライカに散々怒られた。手土産の林檎は喜んで貰《もら》えたのだが、エリネの汚《よご》れた格好から一つ握り潰《つぶ》したことを見抜《みぬ》かれてしまった。

湯浴みをし、着替《きが》える。一通りの支度《したく》を終えれば応接間が騒《さわ》がしい。来客だろうかと近づき、その正体を知るなり、エリネは頭を抱《かか》えた。

「それでそれで、お姉様はどんな活躍《かつやく》をしたのです⁉」

「ああ。他《ほか》にもあるよ。こないだのお茶会では茶に毒が盛られていたらしくてね」

ライカは興奮を隠しきれぬ様子で、向かいに腰《こし》掛《か》けているフラインに聞いていた。

「……二人とも、何を話してるの？」

「フライン様がいらっしゃったから、お姉様の支度が終わるまで武勇伝を聞いていたの」

「武勇伝って、まさか」

エリネは顔を引きつらせる。そんなエリネに構わず、フラインは得意げに答えた。

「なあに。これまでの君の活躍だよ。野犬から令嬢を守った話と階段から落ちそうになった令嬢を助けた話。毒が盛られていたのを見抜いた話もあったね。あとは……」

「そんな話を妹に聞かせないで！」

「この話を聞きたがるのは、今や君の妹だけではないよ。あちこちの娘《むすめ》たちが、格好いいエリネ嬢のファンになってしまった」

集まりに出るたびに不運な出来事が起こるため、エリネはそれを退けた。それだけなのに噂は広まっている。エリネとしては面倒《めんどう》なだけだが、フラインやライカは楽しげだ。

「それよりも続きは⁉　お姉様はどうやって毒を見抜いたのです？」

「茶の色がわずかに変化し、匂《にお》いも違《ちが》っていたそうだよ。エリネはいち早く異変に気づき、令嬢が茶を飲む前に、素早い動きでカップを払《はら》い落とした。その時の動きといえば、僕もうっかり見蕩《みと》れるほど格好よかったよ」

「他には⁉　他には⁉」

「転んだ令嬢をエリネが抱き上げて運んだのもあったね。その後はもう、他の者たちも自分を抱き上げてほしいとエリネに頼《たの》み――」

「待って！」

どれも事実ではあるが、こうして語られると恥《は》ずかしい。エリネは慌《あわ》てて声をあげ、二人の間に割りこむ。

「こんな話をしなくてもいいと思うけど⁉」

「いやです。私はお姉様のお話を聞くのが好きなんです。騎士《きし》になれなくても、こんな活躍をするなんて、さすが私のお姉様！」

可愛《かわい》い妹が喜び、応援《おうえん》してくれるのはありがたいが、エリネとしては勘弁《かんべん》してほしい。

エリネが再び頭を抱えているとフラインが立ち上がった。

「続きはまた今度にしよう。それまでにはきっと、君のお姉様が新しい話題を作ってくれるはずさ」

話が打ち切られたためライカは不満げにしていたが、エリネとしてはありがたい。早々にフラインを連れていく。

笑顔《えがお》のフラインを部屋に引き込んで扉《とびら》を閉め、それから深くため息をついた。

「……随分と私の家族に馴染《なじ》んでいるようで」

「うん。君の家族と話すのは楽しいからね。歓迎《かんげい》してもらえて僕は嬉《うれ》しいよ」

「私は困ってる」

あちこちについてくるだけならまだしも、こうも家族と馴染んでいるのを見ると複雑だ。今日のように、知らぬうちに屋敷《やしき》にいるのも困りものである。

「それで、話って何？　私に用があるんでしょう？」

「そりゃもちろん。最近の活躍を語り広めるのが目的ではないからね」

くすくすと笑っていたフラインだが、言い終えるとその表情は真剣《しんけん》なものに変わった。

「これまで君を観察してきたけれど、君の周りで起きる出来事はどれもこれも嘘《うそ》のにおいがする。君を貶《おとし》めたい誰《だれ》かが仕組んでいるのかもしれないって思ったんだ」

それはエリネも感じていた。どの出来事も、必ずノース伯爵令嬢《はくしやくれいじよう》とエリネが揃《そろ》う時に起こるのだ。

フラインもそれに気づいただろう。この男は、洞察《どうさつ》力に長《た》けている。

「しかし君の豪胆《ごうたん》さ、怪力《かいりき》……うーん、馬鹿力《ばかぢから》……ともかく優《すぐ》れた身体《しんたい》能力と観察眼によって未然に防がれている」

「褒《ほ》められている気がしないけれどありがとう。それで、フラインは何を言いたいの？」

「逆転の発想ってやつさ。君を貶めたいやつが存在するのなら、うまく行かないこの現状をどう考えるか——それで気づいたんだよ」

フラインの細く長い指がテーブルをこつこつと叩《たた》く。言い終え、少しの間を置いてから、その指先はエリネに向けられた。

「そろそろ最終手段に出るんじゃないかなって」

整った顔立ちに、エリネを挑発《ちょうはつ》するかのような笑みが浮《う》かぶ。

この感覚は、何度も味わったので知っていた。

（この男は、そうやってヒントだけを出して、詳細《しょうさい》を教えてくれない）

騎士団長であった頃《ころ》も、フラインが語る情報は肝心《かんじん》なことを伏《ふ》せていた。まるでエリネがその情報を手に掴《つか》むまで導くかのように。

だから覚えている。エリネは負けじと笑みを浮かべて答えた。拳《こぶし》をぐっと握《にぎ》りしめる。

「安心して。返り討《う》ちにしてやる」

そのために手は打っている。全《すべ》ての支度は終えている。

自信たっぷりに答えたエリネに、フラインは驚《おどろ》いたように目を瞬《またた》かせていた。フラインとしては忠告のつもりだったが、それを聞いたエリネが強気な反応をすると思っていなかったのだろう。ふっと小さく笑った。

「……返り討ちって。令嬢《れいじょう》が使う言葉ではないよ」

指摘《してき》され、エリネは自らの発言を思い返す。フラインの言う通り、普通《ふつう》の令嬢は返り討ちなんて言わないだろう。

「こ、これは……最適な言葉が見つからなかっただけ」

言い訳をするも、フラインは疑うようににやついている。躍起《やっき》になって言葉を探すが見つからず、そのうちに彼は立ち上がった。

「わかったよ。マクレディア伯爵令嬢さん」

すれ違い様、ぽんと頭に手が落ちる。落ち着けと宥《なだ》めるような動きでもあったが、それがまたエリネの反抗心《はんこうしん》をくすぐる。

(また私をからかって……！)

むきになるエリネだが、フラインはそれさえも楽しんでいるようである。やはり食えない男だ。


最終手段。フラインの忠告は、まもなくして現実となった。

その日の夜である。マクレディア家から出て行く不審《ふしん》な影《かげ》が三つ。彼らは敷地《しきち》の外に止めていた馬車に大きな荷物を載《の》せると、急ぎマクレディア家の屋敷を後にする。

彼らが運ぶ荷物とは、エリネ・マクレディアだ。夜、屋敷に忍《しの》び込んでエリネを攫《さら》うように命じられている。

翌日には婚約《こんやく》発表パーティーがあるというのに警備は薄《うす》く、エリネの部屋の窓は鍵《かぎ》もかかっていなかった。不審者らは難なく、エリネを運んだのである。

屋敷を離《はな》れた馬車は、街から遠ざかっていく。行き先は郊外《こうがい》の森だ。夜であれば森に近づくものはいない、はずであった。

「……お、おい！　馬車を止めろ！」

馬車の荷台に乗っていた男が声をあげる。夜の静けさに男の声はよく響《ひび》くので、手綱《たづな》を握っていた男の耳にも届いた。何事かと馬を止め、振《ふ》り返る。

「いったい何が――ぐあっ！」

何が起きたのか確かめると同時に、男の視界は真っ暗になった。伝わるのは空を切るような素早《すばや》い何か。体は均衡《きんこう》を欠き、馬車からどさりと落ちる。

「悪いね」

痛みに耐《た》えながら目を開くと、視界にいたのは金髪《きんぱつ》の若い女――先ほど攫ってきたはずのエリネである。

「え……う、嘘だろ。おい、お前たち」

状況《じょうきょう》を理解したのか、男があたりを見回す。しかし馬車に乗っていた男は二人ともぐったりと倒《たお》れていた。

誰かに襲《おそ》われたのだ。だが彼らを襲うような者はエリネ以外に見つからない。

「全員、お前がやったのか」

マクレディア伯爵令嬢と聞いていたため、か弱い女性を想像していた。それが二人とも倒してしまうとは信じられない様子だった。

「久しぶりに体が動かせるから助かるよ」

声音《こわね》は冷えているくせに、楽しそうである。

やはりこの女が一人で倒したのだ。しかし結論に至ると同時に男は意識を失っていた。

エリネが長い足で蹴《け》り上げたのだ。ひゅんと小気味良い風音を立て、回し蹴りは見事に命中している。

これで全員を倒した。エリネは警戒《けいかい》しつつあたりを見回し、それからぐっと体を伸《の》ばす。

(もう少し来るかと思っていたのに。味気ない)

騎士《きし》団長の頃は、一人対大人数の稽古《けいこ》をしたものだ。特に新人が入ると、エリネはウキウキで駐屯地《ちゅうとんち》に行き、全員の腕前《うでまえ》を確かめた。相手がぼろぼろになるまで戦う、負け知らずのエリネは、鬼《おに》団長として恐《おそ》れられていた。それに比べれば、金に釣《つ》られて悪事を働く程度の不審者三人など赤子の手を捻《ひね》るようなもの。

(とりあえず全員縛《しば》り上げて……それから……)

計画通りに動こうとすると、先の方から足音が聞こえた。人の気配だ。

エリネは瞬時《しゅんじ》に身構える。すると、両手をあげながら見慣れた人物がやってきた。

「こわいこわい。僕まで殴《なぐ》られてしまいそうだ」

現れたのは、目立たないよう黒いローブを着たフラインである。彼は馬車やその周辺に転がる不審者らを眺《なが》めた後、被《かぶ》っていたフードを外した。

「フライン、ここまでついてきたの？」

「何かあったら助けようと思ってたけど、僕の出番は必要ないみたいだね。君がここまで戦えるとは知らなかったよ」

「……まあ、それなりに」

「しかも素手で三人も倒してしまうなんて、最高に面白《おもしろ》いな！」

この状況を心配するかと思いきや、フラインはエリネが不審者らを倒したことに興奮しているようだ。

「無駄口叩《むだぐちたた》いてないで、全員縛るから手伝って」

「この縄《なわ》も準備してたの？」

「こうなると思ったからね。縄と、念のため短剣《たんけん》も隠《かく》し持ってきた。部屋の窓の鍵もわざと開けておいて、家族は避難《ひなん》してもらっている」

「用意周到《よういしゅうとう》だ。さすがだね」

両親やライカにはうまく話して、屋敷を空けてもらった。あえて忍びこみやすいようにしたのだ。あとは寝《ね》たふりをして攫われ、都合のよい場所まで運んでもらう作戦である。

「でも、この後はどうする？　ただの伯爵令嬢が暴漢を捕《つか》まえたって発表するつもり？」

「それも考えてある」

フラインは納得《なっとく》いかない様子だが、エリネは縛り終えた不審者を道に転がす。あとは待つだけだ。

しばらくして、馬や人の足音が聞こえた。道の先に明かりが灯《とも》り、近づいてくる。

「なるほど。騎士団か」

エリネが待つ者に気づき、フラインが呟《つぶや》いた。

騎士団もエリネに気づいたらしく、こちらに寄ってくる。先頭を行くのはジェフリーだ。

エリネはジェフリーの姿が見えると、両手で顔を覆《おお》った。泣いているふりである。

「何がありましたか!?」

「私……突然《とつぜん》屋敷から連れ出されて……」

ジェフリーや他騎士団員らが周囲を確かめる。不審な馬車に、倒れて縛られている男が三人。状況を把握《はあく》したのか、ジェフリーは眉《まゆ》をひそめる。

「ですが、通りすがりの魔術《まじゅつ》士様に助けていただきました」

エリネが彼らを倒し、縛り上げたと伝えるわけにはいかない。ここはフラインの存在を有効活用する。ちらりとフラインの方を見やり、合図を送る。

（頼《たの》む。ここでうまく使われて！）

フラインは意図に気づいたらしく顔を顰《しか》めていた。しかし無視できなかったのか気乗りしない声で言う。

「え？　あー……そんな感じ。うん。僕がえいやーと戦って、こいつらを縛った」

フラインの声に感情が籠《こ》もっていない。棒読みだ。

そんなフラインを、ジェフリーは興味深そうに見つめていた。そして思い出したように目を見開く。

「誰《だれ》かと思えばフライン殿《どの》!?　こんなところにいらっしゃるとは、フライン殿のところにも匿名《とくめい》の手紙が届いたのでしょうか？」

「初めて聞いたよ。なにそれ？」

「今日、我々《われわれ》の駐屯地に匿名の手紙が届きまして。このあたりで不審者を見かけると。だから見回りをしてほしいとあったのです」

匿名の手紙を受け取ったため騎士団はこのあたりを巡回《じゅんかい》していたのだ。ジェフリーは正義感に厚く、こういったものを無視できない。他《ほか》の騎士らに呼びかけて動いたのだろう。

（まあ、書いたのは私だけどね）

エリネが街に出ていたのはこれが理由である。もしもエリネを排《はい》しようと武力行使にでるならこの場所を使うと考えた。襲われる時期はわからなかったが、先手を打って手紙を書いている。騎士団の駐屯地に届けた帰り道で、ゼボル侯爵《こうしゃく》らを目撃《もくげき》するとは思ってもいなかったが。

「……しかし、変ですね」

ジェフリーが言った。彼の視線はエリネに向いている。

「あなたには傷どころか汚《よご》れ一つない。だというのに、不審《ふしん》者に怯《おび》えている」

不審者に連れ去られた令嬢《れいじょう》のはずが、エリネの姿には抵抗《ていこう》した形跡《けいせき》や汚れは一切《いっさい》なく、綺《き》麗《れい》なままである。それもそのはずだ、エリネが彼らを素早く倒しているのだから。

（さすが、いずれ副団長になる男は鋭《するど》いね）

冷や汗《あせ》をかいたエリネだったが、ジェフリーはそれ以上の追及《ついきゅう》をしなかった。納得がいかない顔をしながらも歩いていく。

そして不審者のそばに向かうと、一人が目を醒《さ》ました。彼はエリネの姿を見るなり、目を大きく見開いて悲鳴をあげた。

「ヒッ……た、助け……」

「フライン殿に怯えているようですね」

ジェフリーが静かに言う。彼らが怯えているのはフラインではなくエリネなのだが、それには触《ふ》れないでおく。

フラインは不審者の髪《かみ》を摑《つか》んで無理やりに顔をあげさせ、覗《のぞ》きこんだ。

「ねえ、君たちは誰に命じられたの？」

「……そ……それは」

「誰に命じられたのか気になるなあ。あ、気をつけてね。僕、生まれつき魔力《まりょく》が高いんだけど、手が滑《すべ》ると魔術をうっかり使っちゃうかも」

対の手に炎《ほのお》が灯る。暗い夜によく目立つその炎やフラインの笑顔《えがお》は、不審者の心を折るにじゅうぶんだった。

「……ル侯爵」

青ざめた男の唇《くちびる》が紡《つむ》ぐ。

「ゼボル侯爵だ……」

それを聞いたエリネとフラインは顔を見合わせ——互《たが》いに頷《うなず》いた。

⚜

魔《ま》派に所属する貴族家でも若手のゼボル侯爵の婚約《こんやく》と聞き、多くの貴族が集まっていた。その中にはミリタニア魔術士団に所属する魔術士の姿も多くあり、稀代《きたい》の天才魔術士と謳《うた》われるフラインの姿もあった。

「ゼボル侯爵」

皆《みな》が集まる中、ようやく現れたのは華《はな》やかにドレスアップしたエリネである。今日はライカと共に考え、深紅《しんく》のドレスを選んだ。騎士団長の頃《ころ》にもカッパーレッドの制服を着ていたためか、ドレスも赤色を好む傾向《けいこう》がある。

エリネの後ろにはライカやエリネの両親が続いていた。しかし皆して、表情が険しい。

ゼボル侯爵はエリネの到着《とうちゃく》に気づくと歓談《かんだん》を打ち切り、こちらに向き直った。

「ようやく、お話ができますね」

縁談《えんだん》が決まってから今日までゼボル侯爵と会ったのは、一度きり。それも街で偶然《ぐうぜん》会っただけだ。嫌《いや》みをこめたこの発言にゼボル侯爵はむっと顔をしかめたが、すぐに切り替《か》え、こちらに手を差し伸《の》べた。

「エリネ嬢《じょう》。いや、これからはエリネと呼ぶべきか。こんなにも美しい妻を迎《むか》えられるなんて光栄だ」

表向きは紳士《しんし》として振《ふ》る舞《ま》っているが、エリネに差し出す手はかすかに震《ふる》えていた。

(そりゃ、林檎《りんご》を握《にぎ》り潰《つぶ》す令嬢だものね)

怖《こわ》がられるのも当然である。ゼボル侯爵としては自分の手が潰れないことを願っているのだろう。

本来であればこの手を取り、未来の夫に向けて柔《やわ》らかく微笑《ほほえ》むのだが——エリネは彼を睨《にら》みつけた。

「あなたが、私をエリネと呼ぶ日は来ません」

　エリネの行動が意外だったのか、ゼボル侯爵は驚《おどろ》いていた。ホールの者たちも水を打ったように静まり、エリネとゼボル侯爵のやりとりを注視している。

「あなたとの婚約を破棄《はき》させていただきます」

　はっきりと大きな声で、皆にも聞こえるように言う。

（この台詞《せりふ》は、前にあなたが言ったものだからね）

　ライカが婚約《こんやく》者であった時、この台詞を告げたのはゼボル侯爵であった。

　それを、今度はエリネが告げる。

「何を言い出すんだ！」

「私には婚約を破棄する正当な理由がございます。あなたが忘れているようなので、今日までの出来事を全《すべ》て語りましょうか。ねえ――」

　エリネはくるりと向き直る。エリネの視線が向くのは、青ざめている令嬢。皆の前で、エリネはその名を告げた。

「ディアナ・ノース伯爵令嬢《はくしやくれいじよう》。あなたもご存知ですよね？」

「……っ、わ、私は」

「ゼボル侯爵との縁談が決まってから今日まで、あなたと私が揃《そろ》う日には不運な出来事が必ず起きた。例えば、公爵家では野犬に襲《おそ》われている」

　ウィゼナ公爵令嬢をはじめ、お茶会に集まっていた令嬢も呼ばれている。ここで言い逃《のが》れをすれば、彼女らに糾弾《きゅうだん》されるだろう。

「野犬が現れたのも不自然ですが、それより気になったのは、野犬が他の者に目もくれず、あなたを狙《ねら》っていたこと。あの日のあなたから不思議な香《かお》りがしていた。野犬はそれに引き寄せられていたのでしょう」

「そんなの偶然です！　私が逃《に》げ遅《おく》れただけで……」

「逃げ遅れたのではなく、逃げようとしていなかった。まるで野犬が来ると知っていたかのように」

ウィゼナ公爵家にて野犬が現れた時、気になっていたのはディアナの香りだ。それ以降にも何度か顔を合わせたが、あの香りがしていたのは野犬が現れた時のみである。

なぜ野犬がディアナのみを狙ったのか疑問に思っていたが、あの香りが野犬の注意を引きつけるものであるなら合点がいく。野犬が襲うように準備をし、だからこそディアナは逃げなかったのだ。

不自然なのはそれだけではない。エリネは話を続ける。

「あなたが階段から落ちかけた日。私が助けたので転落はしませんでしたが、あれも自分から落ちたように見えました。毒が盛られた時もそうですね。あなたはこっそりと指輪の蓋《ふた》を開けていた。自ら毒を盛ったのでしょう。あと盗難騒《とうなんさわ》ぎも――」

「言いがかりをつけるのはやめてもらおう！」

ゼボル侯爵《こうしゃく》が声を荒《あら》らげ、エリネの言葉を遮《さえぎ》った。ディアナとエリネの間に入るとエリネを睨みつける。

「証拠《しょうこ》のない妄想《もうそう》だ。エリネ嬢ともあろう方が多くの者がいる場で他《ほか》の令嬢を貶《おとし》めるとは」

エリネは臆《おく》さずゼボル侯爵を睨み返す。

(ライカの時は、この言いがかりを押し通して婚約を破棄したくせに)

これほど多く人が集まった中で、ライカは反論一つできなかっただろう。無実の罪を着せられ、自らの命を絶つ。それほどにライカを苦しめたのだ。

(絶対に許さない。私の妹を傷つけた罪は重い)

過去に戻《もど》り、ライカを追い込んだ状況《じょうきょう》も、その正体も摑むことができた。

これは、復讐《ふくしゅう》だ。

「証拠が必要ならこれはどうでしょう——騎士《きし》団の皆さん、お願いします」

エリネの言葉を合図に、ホールに入ってきたのはジェフリーら騎士団員だった。彼らは昨日捕《と》らえた男たちを連れている。ゼボル侯爵は彼らの顔に覚えがあるだろう。だからか、一瞬《いっしゅん》にして表情が消え、後退《あとずさ》りをした。

ジェフリーはゼボル侯爵の前に立ち、淡々《たんたん》と告げた。

「昨晩、エリネ嬢は不審な者たちに連れ去られました。幸いにもエリネ嬢は助けられ、通りかかった騎士団員らが犯人を捕らえています」

そして、ジェフリーは捕らえた男の一人をゼボル侯爵の前に突《つ》き出す。

「エリネ嬢を連れ去るよう、お前らに命じた者の名を言え」

「……ゼボル侯爵、です」

駐屯地《ちゅうとんち》でも散々詰《つ》められたのだろう。男はその場に膝《ひざ》をつき、項垂《うなだ》れていた。ゼボル侯爵の名を紡ぐ声にも諦観《ていかん》が感じられる。

だがゼボル侯爵は違《ちが》った。大きく後退り、叫《さけ》ぶ。

「嘘《うそ》だ！　何も知らない！　マクレディア家が騎士団と手を結んで——」

「しらばっくれるのはやめようね」

ここで一歩踏《ふ》み出したのがフラインだ。今日はミリタニア魔術士《まじゅつ》団のローブを着て、魔術士の一人としてここに来ている。

「フライン殿《どの》……魔派が、魔術士が、どうして」

「悪事を曝《あば》くのに、魔派も剣《けん》派も関係ないよ」

剣派のマクレディア家や騎士団だけでなく、魔派の魔術士団からも追及《ついきゅう》されるとは思ってもいなかったのだろう。フラインは懐《ふところ》から紙切れを取り出すと、絶望に沈《しず》むゼボル侯爵の前に見せつけた。

「僕も調べてね、彼らのアジトから小切手を見つけたよ。エリネを攫《さら》うために渡《わた》したのかな。ほらここに、ゼボル家の名前と、家紋《かもん》入りの印章がついてる」

フラインは笑顔《えがお》のまま、ゼボル侯爵を詰めていく。

いよいよ味方がいない。マクレディア家や騎士団、魔術士団だけでなく、来賓《らいひん》の貴族らもゼボル侯爵に懐疑《かいぎ》的なまなざしを向けていた。

「お姉様……」

不安になったのか、ライカがエリネの腕《うで》にぎゅっとしがみついた。

「大丈夫《だいじょうぶ》だよ。あなたは私が守る。絶対に傷つけさせない」

エリネは小声でそう囁《ささや》いた。屋敷《やしき》にいることが多く、外に出ても令嬢《れいじょう》たちのお茶会程度のライカは不穏《ふおん》な空気に慣れていない。大丈夫だ、とライカに告げられる喜びを噛《か》みしめ、しかしエリネはゼボル侯爵を睨みつける。

皆《みな》は静まり、項垂れているゼボル侯爵の動向を見つめていた。いよいよ逃げ場のなくなったゼボル侯爵だが、静寂《せいじゃく》を打ち破りディアナが駆《か》け寄った。

「もう、やめてください」

その言葉がゼボル侯爵に向けたものか、皆に向けたものかはわからないが、彼女の瞳《ひとみ》は涙《なみだ》に濡《ぬ》れていた。

「諦《あきら》めましょう。全てお見通しのようです」

「……だが、僕は」

ディアナはゼボル侯爵を庇《かば》うように立ち、エリネをまっすぐに見据《みす》えた。

「私たちはあなたを陥《おとしい》れようとしていました。野犬の計画をたてたのも、階段からわざと落ちようとしたのも私です」

エリネはぐっと拳《こぶし》に力を込める。きっと彼らはライカの時にも同じ行動をしていたのだろう。今ようやく、あの時の悔《くや》しさを晴らせた気がした。

「どうして、私を陥れようとしたのです？」

「……そうしなければいけなかったんだ」

ディアナの代わりに答えたのは、顔をあげたゼボル侯爵である。

「剣派の貴族を没落《ぼつらく》させ、力を削《そ》ぐ。それが僕たちに下された命令だった」

「ではどうして我が家を？」

「剣派の貴族ならば誰《だれ》でもよかった。マクレディア家には娘《むすめ》が二人いるから、姉妹どちらかが縁談《えんだん》を受けるだろうと考えただけだ。この命令をこなせば、僕は心から愛する者と結《けっ》婚《こん》できるはずだったのに」

心から愛する者。その言葉を紡《つむ》ぐ時、ゼボル侯爵はディアナを見つめていた。

街で見かけた時から二人の仲は親しげに見えていた。ゼボル侯爵はディアナを愛し、そのためにエリネと縁談が持ち上がっても会いにこなかったのだろう。

（では……そのために、ライカを追い詰めたというの）

二人の表情は暗く、エリネにしたことを悔《く》いているのかもしれない。だが、これは縁談の相手がエリネであるがために見抜《みぬ》けたもの。ライカの時はそうではなかった。彼らの望む通りにライカは追い詰められたのだから。

「誰が、命じたの？」

エリネは問う。マクレディア家を没落させるべく、自分を陥れようとしたのは誰なのか。ゼボル侯爵はこちらを真っ直《す》ぐに見据え、その名を紡ぐ。

「命じたのは――」

だが、全《すべ》ては聞き取れなかった。言葉を発する途中《とちゅう》、彼は不自然に大きく目を見開いた。

「ぐ、あ……」

苦しげに呻《うめ》き、両手でもがくように喉《のど》を押さえている。

それはゼボル侯爵だけではなかった。隣《となり》にいるディアナも苦悶《くもん》の表情を浮《う》かべ、その場でうずくまっていた。

「くる、し、助け、て」

いよいよ立っている力も尽《つ》きたのか、ゼボル侯爵の体が頽《くずお》れる。

この惨状《さんじょう》にエリネは立ち尽くしていた。何の気配もなく、突然《とつぜん》のことだった。

「いま、何が……」

誰かが襲《おそ》った様子もなく、不自然なものも感じ取れなかった。ゼボル侯爵とディアナを襲ったものはわからない。

倒《たお》れたゼボル侯爵に手を伸《の》ばそうとした時、エリネの腕はぐいと引っ張られた。

「エリネ！」

その声に振《ふ》り返れば、こちらに駆け付けたフラインが手を摑《つか》んでいた。

「君は無事か!?」

「え……私は大丈夫だけれど」

「喉や体に異変はない？　本当に無事だね？」

フラインの表情はいつもと異なり真剣《しんけん》で、焦《あせ》りも感じられた。

倒れた二人に近づこうとしたエリネだったが、フラインがすぐに止めた。それどころか、自らの背で遮《さえぎ》っている。

「触《ふ》れてはだめ。僕の後ろにいて。動かないで」

その剣幕《けんまく》に気圧《けお》されて、エリネはただ頷《うなず》くしかできなかった。

エリネの無事を確認《かくにん》し終えると、フラインは倒れたゼボル侯爵らのもとに近づく。

「魔術士はこっちに！　他の者は離《はな》れろ！」

落ち着いた様子で、フラインはゼボル侯爵の喉に手を翳《かざ》す。フラインの体から紫色《むらさきいろ》の光の粒《つぶ》が放たれているのは魔力《まりょく》を使っている証拠《しょうこ》だ。

すると、ゼボル侯爵の喉近くに絡《から》みつく黒い靄《もや》が見えた。今までは何もなかったはずだ。フラインが手を翳したため見えるようになった。

これを確かめるなり、フラインは舌打ちをした。

「治癒魔術《ちゆまじゆつ》をかけろ！　多くの力が必要だ！」

指示通り、魔術士が集まり、皆が手を翳す。それでも足りないのか、ゼボル侯爵らは苦しげに顔を歪《ゆが》め、ついには意識を失ってしまった。

(魔術士を呼んだ……つまり、普通《ふつう》の状態ではない)

だが何が起きたのかわからない。しかし、エリネはぞっとしていた。

彼らが襲われたこの状況《じようきよう》。エリネは知っている気がする。

(かつての私を襲ったものに、似ている)

人の気配はなく、突然《とつぜん》襲われる。そして喉の苦しみ。確証はないが、騎士《きし》団長だったエリネに襲いかかったものと同じ気がしたのだ。

「フライン。これは、何？」

「…………」

「誰が襲撃《しゆうげき》したの？　魔術で襲われたの？　ねえ教えて」

もう一度呼びかける。そこでフラインは諦めたように振り返り、静かに告げた。

「禁術。二人は何者かに、禁術をかけられた」

「禁術？　聞いたことがない」

「これは……人を死に至らしめる、黒霧《こくむ》の禁術」

それ以上をフラインは語ろうとしなかった。魔術士らに指示を出し、倒れた二人を連れ出す。通常の医療《いりょう》設備ではなく、ミリタニア魔術士団の者らが使う魔術医院に運ぶようだ。

パーティーは中止に終わった。閑散《かんさん》としたホールに立ち尽くし、エリネは考える。

（ライカが無事でよかったと喜びたいのに、できない）

エリネ・マクレディアの婚約《こんやく》は、狙《ねら》い通りに破棄《はき》となった。両親も妹も傷つくことはなく、エリネが守り抜《ぬ》いたのである。

（胸がざわつく。まだ、終わらない気がする）

しかし残ったのは、一片の不穏な空気。婚約破棄によってエリネが知る未来は変わり、別のものに向けて動いているのかもしれない。

間章　―　騎士団長が最後に泣いた日

ミリタニアに初めての女騎士が誕生したことは、皆《みな》の知るところである。その女騎士は他《ほか》の騎士を圧倒《あっとう》する異次元の強さであるとか、美しいが冷然としているとか、実は男であるとか、様々な噂《うわさ》が流れたものだ。

（女騎士ね……魔術《まじゅつ》士の僕とはそこまで関《かか》わらないだろうけど）

どんな噂を聞いても、彼の表情は変わらない。魔術士たちはあれやこれやと彼女について語り、駐屯地《ちゅうとんち》まで見に行く者もいたらしいが、彼にとってはどうでもよかった。

彼は、この魔術士団にて浮いた存在だった。才能を見出《みいだ》され、幼少期から王宮にて暮らし、ミリタニア王からも特別な扱《あつか》いを受けている。図抜《ずぬ》けた魔力を有し、魔術の知識も豊富という彼は他の魔術士からも天才扱いされ、魔術士団でも特異な者となっていた。

他者に興味がない。ミリタニア王からも『お前は筆頭魔術士にじゅうぶんな資格を持っているが、他者との関わりや経験が足りない』と苦言を呈《てい》されているが、彼はまったく気にしていなかった。

（それより、魔派の過激思想の者について考えないと。急進する若手といえば、ゼボル侯《こう》爵《しゃく》家だ。企《たくら》みの内容は予想がついているけれど、しばらく泳がせて確たる証拠を――)

そう考えながら、夜の王宮を歩く。所用があって騎士塔《きしとう》にいたため、魔術士塔は遠い。ここには騎士団長の執務《しつむ》室があり、副騎士団長の部屋や王宮勤めをするベテラン騎士団員らの寝所《しんじょ》などが続く。

いつもと変わらず通り過ぎていく、はずだった。

(扉《とびら》が開いている? 誰《だれ》かいるのか)

一つだけ扉が開いていた。薄暗《うすぐら》い夜の廊下《ろうか》に、明かりが漏《も》れている。場所からして談話室だが、昼間のような騒《さわ》がしさは聞こえない。

魔術士に比べて粗野《そや》と言われている騎士らだ。扉を閉め忘れたのかもしれない。そう結論づけ、何気なく通り過ぎようとした時――聞こえてきたのはすすり泣く声だった。

「お父様……お母様……」

女性の声だ。好奇心《こうきしん》が疼《うず》き、彼は扉の隙間《すきま》からそっと覗《のぞ》きこむ。

談話室には一人だけ。金髪《きんぱつ》を高い位置で結った、新人騎士団員がソファに腰掛《こしか》けていた。両手で顔を覆《おお》っているが、泣いていることはじゅうぶんに伝わってくる。

(あれが噂の女騎士。確か、エリネだったか)

新人騎士は郊外《こうがい》の駐屯地で鍛錬《たんれん》に励《はげ》むはずだが、今日は王宮にいる。彼女が王宮に呼ばれた理由も、泣いている理由もすぐにわかった。

（そういえば、彼女はマクレディア家――屋敷《やしき》が焼け落ち、当主と妻の遺体が見つかったと報告があったばかりだな）

異例の女騎士を送り出したマクレディア家は、不運が続いている。

一人目はエリネの妹であるライカだ。他の令嬢《れいじょう》に対してひどい行いをしていたと噂が流れていた。真相はわからないが、彼女は縁談《えんだん》を破棄された後、自ら命を絶っている。

続いて、マクレディア家の当主とその妻だ。報告書によると、焼け跡を捜すも家にあったという金目の品々は見つからず、何者かに持ち去られた可能性が高い。強盗《ごうとう》犯はマクレディア夫妻を殺害し、火を放って逃《に》げたのだろう。

（じゃあエリネは……家族の訃報《ふほう》を聞いたのか）

駐屯地にいたエリネは王宮に呼ばれ、騎士団長から家族の訃報を受けたのだろう。妹の死も応《こた》えていただろうに、今度は肉親も失ってしまったのだ。

すすり泣く声が、聞こえる。あのソファに腰掛けているのは凛《りん》とした女騎士のエリネのはずが、孤独《こどく》に泣く一人の娘《むすめ》に見えてしまった。

（どうしてだろう。目が離せない）

知らぬふりをしてこの場を離れるのがよいと、頭ではわかっている。けれど体が思うように動かず、視線は彼女を捉《とら》えたまま。

「騎士になったのに……大事なもの、守れなかった」

その唇《くちびる》が紡《つむ》ぐのは悔恨《かいこん》。家族らに何もできなかった不甲斐《ふがい》なさは怒《いか》りとなって、彼女の体を震《ふる》わせているのかもしれない。

ずきりと、胸が痛んだ。

ライカとゼボル侯爵の縁談は、魔派の企みによる罠《わな》だと、彼は気づいていた。魔派の何者かが剣《けん》派の勢いを削《そ》ごうと企み、マクレディア家を失墜《しっつい》させた。ライカの自死という結末まで望んだのかはわからないが、現状の魔派の盛り上がりを見るに企みは成功している。

彼女の両親が亡《な》くなったことも不自然だ。もしかすると黒幕に魔派の者がいると気づいてしまったのかもしれない。報告書には強盗と書かれていたが、証拠《しょうこ》は炎《ほのお》の中に消されている。ただの強盗と片付けるには綺麗《きれい》すぎるほど、手がかりが残っていない。

(泳がすなんてせずに動いていたら……彼女は泣いていなかったかもしれない)

魔派の企みを予見できていたのに動かなかったのは、ゼボル侯爵の裏にいる黒幕の手がかりを得たかったためだ。泳がせて確たる証拠を得るつもりだった。

その判断が正しかったのか、今はわからなくなっている。彼女の涙《なみだ》や掠《かす》れた声が、心に罪悪感を植え付ける。名指しで責められているわけではないのに、ひどく胸が痛んだ。

「私、絶対に騎士として認められてみせる。みんなを守れなかった分、この国を守る」

エリネが顔をあげた。瞼《まぶた》は赤く腫《は》れ、けれどまなざしは冷えていた。

「だから今日だけは……今日だけは許して……」

頬《ほお》を伝う、彼女の涙。

その涙は悲しいものであるというのに、美しく見えてしまった。

(彼女の心に傷をつけたのは、僕かもしれない)

居たたまれなくなり、その場を後にする。

魔術士塔に戻《もど》ってもベッドに潜《もぐ》っても、エリネの涙は脳裏《のうり》に焼き付いて離《はな》れなかった。

翌朝になり、彼の姿は王宮の騎士塔にあった。どうしてもエリネが気になったのだ。騎士塔は夜の静けさが嘘《うそ》のように騒がしい。

廊下の向こうから騎士団員らが歩いてくる。その中に金髪の女騎士がいた。

(エリネだ)

どくんと、心音が反応する。

彼らの会話を拾おうと、聴覚《ちょうかく》はこれまでにないほど研《と》ぎ澄《す》まされていく。

「いいのか？　もう少し休んでからでも構わないぞ」

「平気です。この程度で乱されるようでは、騎士ではありませんから」

「お、おう……お前、冷たいな。家族のことだろ」

「騎士になった時、家門を捨てました。我が身は剣に捧《ささ》げています」

エリネは冷静であった。その顔に涙の跡《あと》はなく、悲しみの感情は姿を消している。

(心を、閉ざしたんだ)

昨晩の涙は嘘のように消えていた。あれは夢だったのかもしれないと疑いたくなるが、彼女の瞼はかすかに赤く腫れている。

(今日だけと言いながら泣いていた。あの子はもう涙を流さない)

空っぽの心を塞《ふさ》ぎ、剣に身を捧ぐ。凜としたその姿が急に輝《かがや》いて見えた。

これまで騎士団を快く思っていなかった。現在の騎士団は、王が剣派であるため慢心《まんしん》し、保身と金で動く腐敗《ふはい》した剣だ。誇《ほこ》りなど地に落ちている。

品のない粗野な騎士たちで構成されたむさくるしい男所帯。その中でもエリネは彼らに紛《まぎ》れる様子なく、冷えた目で己《おのれ》を貫《つらぬ》こうとしている。

背筋からぞくぞくと何かが這《は》い上がった。

人に興味を持ち、感情が動かされる。初めての感覚だ。

「君がエリネだよね?」

どうしても彼女に声をかけたかった。その冷えた瞳《ひとみ》に自分を映してほしかった。

彼女は強い。もう涙を見せることはないのだ。薄暗いものに汚《よご》されず、真っ直《す》ぐ前を見つめる彼女は、これからどんな風に輝くだろう。想像するだけで胸が弾《はず》む。

「魔術士のフライン・レイドルスター。僕、君に興味があるんだ」

これは、後の騎士団長と筆頭魔術士が出会った日。

第二章　伯爵令嬢は裏方無双します

ゼボル侯爵《こうしゃく》とディアナ・ノース伯爵令嬢は、現場にいたフラインら魔術士のおかげで命を落とさなかったが、黒霧《こくむ》の禁術を解くには至らず、ミリタニア魔術医院にて眠《ねむ》りについたままである。

エリネはというと、罠を見抜《みぬ》いて婚約破棄《こんやくはき》を突《つ》きつけた令嬢として話題の種になっていた。『エリネ様』と呼び慕《した》う令嬢はもちろん、貴族のほとんどがその名を知っている。

そんな、エリネ・マクレディアの婚約破棄から一年。

「では、これも断っていいんだな？」

父が困り顔で問う。居間のテーブルにはいくつもの書状が広がっていた。内容はどれも縁談である。名をあげてしまったエリネのもとには剣派魔派問わず、様々な貴族からの縁談が舞《ま》い込んでいたのだが、エリネはどれも断っていた。

「お前もよい年齢《ねんれい》だ。ゼボル家との縁談は忘れてよい。不安ならば剣派の貴族でも」

「いやです。私は、ライカやお父様お母様と一緒《いっしょ》にいたいので」

書状も見ずに断る。ゼボル侯爵の時とは打って変わった態度に両親は困惑《こんわく》していた。

「では今からでも騎士になるのはどうでしょう」

提案したのは、隣《となり》に腰掛《こしか》けて悠然《ゆうぜん》とお茶を飲んでいたライカだ。

しかしこれにも、エリネは首を横に振《ふ》る。

「ならないよ。騎士団に入れば、この家を出なければいけないから」

「お姉様ならきっと騎士になれる。騎士団の方々だってお姉様がどのような活躍《かつやく》をしたのかご存知のはず。フライン様に頼《たの》めば推薦《すいせん》だって……」

あれから何度も、ライカは騎士団入りを提案してきたが、エリネは頑《かたく》なな態度である。

というのもエリネの目的は達成したためだ。ゼボル侯爵との縁談《えんだん》をエリネが破棄《はき》し、ライカは生きていて、屋敷《やしき》も襲《おそ》われない。エリネが知る未来とは異なる状態になっているのだ。家族を守る目的は果たしたのだが、素直《すなお》に喜べないところもある。

(誰《だれ》がゼボル侯爵らに命じたのかわからない。裏にいる人物の目的がわからない以上、警《けい》戒《かい》は解けない)

ゼボル侯爵に命じた人物は不明のまま。エリネが騎士となって家族から離れれば、予想外の何かが起きてしまうのではないか。その不安から、エリネは家に居続けている。

「おお、そうだ！ フライン殿《どの》がいるじゃないか」

父が名案が浮《う》かんだとばかりに手を叩《たた》く。

「フライン殿とエリネが結婚《けっこん》すればいい。なに、フライン殿なら私たちもよく知る人物でネの態度が不思議だったのだろう。
即座《そくざ》に否定するも、両親やライカは首を傾《かし》げている。今までと違《ちが》い、焦ったようなエリ
（フラインは絶対にだめ。あいつは何を考えているかわからないもの）
妙《みよう》な提案を始めた父に焦《あせ》り、エリネは勢いよく立ち上がった。
「だめ！　フラインはだめです！」
エリネだって――」

騎士ではないが日課の見回りはしたくなる。家に籠もってばかりでは体も鈍《なま》ってしまうため、エリネは定期的に街に出ていた。

街は静かだが、一年前とは大きな変化がある。少し歩けば天魔座のローブを着た者らが目に入る。一年前より明らかに増え、今では街のほとんどの者が知る状態となっていた。

（マクレディア家の出来事は変わったけれど、こちらはどうなるだろう）

街はエリネが知る未来と同じになりつつある。

剣《けん》派の支持を受けたミリタニア王は評判が良く、その反面魔派の者たちは業《ごう》を煮《に》やしていた。ミリタニア王は魔派の者を冷遇《れいぐう》するつもりはなく、むしろ剣派と魔派の溝《みぞ》を埋《う》めようとしているのだが、魔派にとってはそれが面白《おもしろ》くない。そんな魔派の者たちの、特に過激な思想を持つ者が集まり形成されたのが天魔座である。彼らの活動はどんどん広まり、

街の人からの支持も集め始めていた。

剣派と魔派の派閥《はばつ》争いは国を混乱に陥《おとしい》れる。すぐにでも騎士団と魔術士団が協力態勢を取り、国の防衛を強固にするべきだ。

（この派閥争いがなくなったのは、私とフラインが動いたからだった）

ため息をつく。エリネが知る未来では、剣派と魔派の派閥争いはなくなるのだが、それは騎士《きし》団員のエリネと、魔術士のフラインが手を結んだのがきっかけだ。さらに二人が騎士団長や筆頭魔術士となり、互《たが》いを認め合ったため、騎士と魔術士は強い信頼《しんらい》関係で結ばれ、国は一つにまとまっていったのだ。

（でもそれは、私が騎士団員だったからできたこと。今は騎士団に所属していない）

国を思えば騎士になって動くべきだっただろう。しかし、今回のエリネは家族を優先した。そのため、この派閥争いがどのようになるのかわからない。自分が騎士にならなかったせいだと罪悪感が生じている。

（だからといって、見て見ぬふりもできない）

罪悪感を抱《かか》えたまま生きるのではなく、それを払拭《ふっしょく》するように生きなければ。

そう考えながら歩いていると、広場に人だかりができていた。鎧《よろい》を着けた男たちに何頭もの馬。鮮《あざ》やかなカッパーレッドのマント。エリネの目がぱっと輝いた。

（騎士団員！　ジェフリーもいる！）

集まっているのはジェフリーをはじめとする騎士たちだ。これから郊外《こうがい》の巡回《じゅんかい》に出るらしく、広場に集まって準備している。ジェフリー以外にも見慣れた顔は多い。大酒呑《おおざけの》みのダンに、赤髪《あかがみ》のクレバー。事務作業が得意なゲイル。エリネの姿を見つけるたびに泣き出し逃《に》げたスペディ。懐《なつ》かしい面々が揃《そろ》っている。

故郷に帰ったような懐かしい気持ちを抱《いだ》きながら、エリネは彼らのもとに近づいた。

「こんにちは、ジェフリー様」

ジェフリーに声をかけてお辞儀《じぎ》をする。ジェフリーはこちらの顔を見るなり、思い出したように目を見開いた。

「エリネ嬢《じょう》。お久しぶりです。あなたも街にいらしていたんですね」

「騎士様たちはこれから巡回ですか？」

「ええ。不要だと話す者もいますが、これは騎士の務めだと思っておりますので」

ジェフリーは暗い面持ちで話す。彼の表情が沈《しず》んだ理由をエリネはもちろん知っている。

(この頃《ころ》の騎士団は、腐《くさ》っているから、正義漢のジェフリーはつらいはず)

騎士団とは名ばかりで、団長をはじめとする多くの先輩《せんぱい》騎士らは怠《なま》けてばかりだ。悪事を働く者がいても金を積まれれば見逃《みのが》す。私腹を肥やし、酒と女に金を注《つ》ぎ込むだけ。

これは騎士団に入らなければ見えないことだった。エリネが知った時はもちろん絶望したが、ジェフリーのように疑念を抱く者は多く、エリネはそういった者たちと共に騎士団をあるべき姿に戻《もど》したのである。

「怠けている先輩騎士の方々は考えものですね。そんな中でも騎士の務めを果たそうとするジェフリー様はご立派です」

当時を思い出し、エリネは語る。しかしジェフリーは訝《いぶか》しんだ顔をしていた。

「随分《ずいぶん》と、こちらの内情に詳《くわ》しいのですね。先輩騎士とは一言も言ってませんが」

「え？　あー……う、噂《うわさ》を聞いただけです」

しまった、と気づいた時には遅《おそ》かった。こういった話は今のエリネは知らないはずである。ジェフリーがつらそうにしていたため、口が滑《すべ》ってしまった。

(危ない危ない。気をつけよう)

深呼吸をし、気持ちを落ち着かせる。

そう話していると他《ほか》の騎士らがやってきた。

「お。なんだなんだ。珍《めずら》しく若いお嬢ちゃんと話してるじゃないか」

「彼女はエリネ・マクレディア伯爵令嬢です。ゼボル侯爵家の件でお世話になりました」

「ああー！　お前が言ってた『ただ者ではない伯爵令嬢』か」

大酒呑みのダンは、その図体《ずうたい》に合う大きな声で言う。隣にいる赤髪のクレバーも「この人か」と言いながら、矯《た》めつ眇《すが》めつこちらを見やる。

(ジェフリーは私についてそう語っていたらしい)

知らぬところで話題にされるのはともかく、『ただ者ではない』と語られていたとは。複雑な気持ちで、顔が引きつった。

「しかし、このお嬢ちゃんがねえ……ちょっと背が高いだけで、普通《ふつう》の女の子だろうよ」

「見てくれではわかりませんよ。攫《さら》われた時、フライン殿が助けたと話していましたが、気分屋で面倒《めんどう》で厄介《やっかい》で腹の黒い彼が軽率《けいそつ》に人助けをするなんて思えません」

ジェフリーは表情を変えずに淡々《たんたん》と語る。副騎士団長の時はフラインを苦手そうにしていたが、それはこの頃から始まっていたようだ。生真面目《きまじめ》なジェフリーと気まぐれなフラインでは相性《あいしょう》が合わないのも納得《なっとく》する。

「とりあえず行こうぜ。騎士団長サマに見つかったら、うだうだうるせぇからな」

騎士たちがそれぞれエリネから離《はな》れていく。巡回のため出発するのだろう。

「……ジェフリー様」

エリネは、挨拶《あいさつ》をし離れていこうとするジェフリーを引き止めた。

かつてエリネと共に前を向いたジェフリーならば、エリネなき騎士団を正しき姿に導いてくれるかもしれない。その願いを込めて、彼に問う。

「今、この国は剣派と魔《ま》派に分かれています。あなたはそれをどう思っていますか？」

「良くないとは思っています。協力した方がよいと思う場面もありますが――」

彼は静かに答えた。他者に配慮《はいりょ》したのか声量を絞《しぼ》っている。

「魔派と手を結ぶというのは簡単ではない。双方《そうほう》が手を差し出さなければ握手《あくしゅ》はできず、それが厳しいほど派閥争いの溝は深い」

「けれど剣と魔は互いの問題を補い合える。協力し合えばこの国は変わるはずです」

双方が手を結べば、うまく行くはず。

これから起きる出来事も回避《かいひ》できる。

だが、ジェフリーの表情はぴくりとも動かなかった。

「私のような下っ端《ぱ》の騎士に言ったところで、それは叶《かな》わないでしょうね」

伯爵令嬢《はくしやくれいじよう》の身分では、話を真剣に聞き入れてもらうのは難しいのかもしれない。

(それでも、これから起きる出来事だけは――)

エリネは諦《あきら》めず、一歩踏《ふ》み出して告げる。

「騎士団長と天魔座の動向に気を付けて」

この言葉に、ジェフリーの体がぴくりと反応した。慌《あわ》てて振《ふ》り返る。

「今のは、どういう意味が?」

「私は――」

せめて少しでも怪我《けが》をする騎士が減れば。その願いで、これから起きる出来事への忠告を語ろうとした。

その時、エリネの聴覚《ちようかく》が別の音を拾った。

子どもの泣く声。そして、馬車の音。

音の大きさから距離《きょり》を推測する。近い。子どもの泣き声も馬車の音も。その共通点に気づくと同時にエリネの体は動く。

すぐさま駆《か》け出し、馬車道に向かって飛びこむ。

エリネの直感は正しく、馬車道の真ん中で子どもが泣いていた。道に飛び出したのは転んだためか、擦《す》りむいた膝《ひざ》から血が垂れている。馬車は間近に迫《せま》っているが、子どもは気づかずに泣いていた。

「危ない！」

馭者《ぎょしゃ》が叫《さけ》び、手綱《たづな》を引く。しかし馬の勢いは止まらない。

誰《だれ》の目から見ても子どもと馬車がぶつかる――そこにエリネが飛びこんだ。

素早《すばや》く飛びこんで馬車と子どもの間に割りこめた。片腕《かたうで》で子どもの体を抱《だ》き上げると、飛びこむ時の体勢と勢いを保持し、再び地面を蹴《け》る。二度目は高さが出ず、転がるような形となったが、子どもをしっかりと抱きかかえて守った。

鮮やかな動きである。訓練されたからといって出来るものではない。いち早く危機に気づき、最善の動きを取る。体術のセンスがなければできぬ業《わざ》だ。

馬車は子どもがいたところを通り過ぎ、それからぴたりと止まった。悲劇を予期した馭者はぎゅっと目を瞑《つむ》っていたが、おそるおそる目を開けるも子どもはいない。馬車道の端《はし》に転がるように逃げた令嬢《れいじょう》と、その腕の中に子どもがいる。

「……大丈夫《だいじょうぶ》?」

腕の中の子どもに問いかける。子どもは何が起きたのかわからず呆然《ぼうぜん》としていたが、エリネの微笑《ほほえ》みに安心したのか、再び泣き始めてしまった。

その後、すぐに母親が追いかけてきた。子どもの無事を確かめると泣いて喜び、何度もエリネに感謝を伝えていた。

(無事でよかった。怪我もなさそうだ)

母親と子を見送り、エリネは胸をなで下ろす。怪我なく守り抜《ぬ》いたことに安堵《あんど》していた。

「お嬢ちゃん、やるじゃねぇか!」

「すごいな。今の動き、どうなってるんだ」

ドレスについた汚《よご》れを払《はら》っていると、騎士《きし》団員が集まってきた。この出来事を皆《みな》が見ていたらしく、わいわいと盛り上がっている。騎士顔負けの動きをしていたのだと気づき慌てるエリネだったが、すでに遅い。

「お嬢ちゃん、べっぴんさんで動けるなんてなあ。どうだい、うちの騎士らの嫁《よめ》に――」

大酒呑《おおざけの》みのダンがそう提案しかけた時である。

エリネの体がぐいと引っ張られた。

「だめ」

振り返る必要なく、エリネの視界で見慣れた銀髪《ぎんぱつ》が揺《ゆ》れる。

フラインだ。彼はエリネの背から手を回し、抱きしめるような格好をして言う。

「彼女は僕のお気に入りだから、あげない」

「フライン!?　ま、また神出鬼没《しんしゅつきぼつ》な……」

いつ現れたのか。どこから見ていたのか。そして距離が近い。

言いたいことはたくさんあったが、先に動いたのは騎士たちだった。

「なんだ、魔術士《まじゅつ》サマのお気に入りかよ」

反目している魔術士の登場とあってか、騎士は舌打ちを残して、去っていく。悔《くや》しげに振り返るものもいたが、フラインは舌を出して彼らを挑発《ちょうはつ》し、追い返していた。

皆が去ったところで、ようやくフラインの腕が離れた。彼に向き直ると、フラインは楽しそうに笑っていた。

「本当に目立つ行動ばかりするね。僕がいなかったら、君は騎士に囲まれ続けていたよ」

「それは助かったけども……その言い分だと、ずっと見ていた？」

「まさか！　素早い動きで飛びこむ前にジェフリーを説得していたなんて知らないよ！」

彼の言い分から察するに、だいぶ前からエリネの様子を観察していたのだろう。気に入ったものはどこまでも追いかける、フラインの変態気質がよくわかる。

「ところで、君はどうして街にいるの？」

「少し散策したかっただけ。屋敷《やしき》にこもっていてもつまらないから」

「うんうん。じゃあ、僕に付き合ってよ」

そう言って、有無《うむ》を言わさずエリネの手を摑《つか》む。

「どこに行くの？　というか、行くって言ってないんだけど」

「あれ？　騎士に囲まれていた君を助けたのに、お礼はないのかい？　うーん。お礼してもらってないのになあ。困ったなあ。僕はお出かけしたい気分なのに」

つまり、エリネが行かないと言っても、連れて行くつもりだ。強情《ごうじょう》モードになると逆らったところで聞いてくれない。言葉でフラインに勝てたためしがないのだ。

抵抗《ていこう》せず、摑まれた手を振りほどくことも諦め、フラインと共に歩いて行った。


向かったのは郊外《こうがい》にある、かつて物見台として使われていた場所だ。国内での争いがなくなった今では、景観がよいだけの建物となってしまった。老朽化《ろうきゅうか》が進んでうら寂《さび》しく、街の人はあまり近寄らない。

(懐《なつ》かしい場所。過去に戻《もど》っても、この場所は変わらない)

騎士だった頃《ころ》、フラインと共に何度もここに来た。対立する立場であるが故《ゆえ》、人目を忍《しの》んで情報交換《こうかん》をしていたのだ。情報交換といってもフラインから教えてもらうものは、肝《かん》心《じん》なところが抜けている。いつも試されているような心地《ここち》になっていた。

「……風が気持ちいい」

街に比べて緑が多く、高台にあるため風が強い。前は騎士だったため長い髪《かみ》を結い上げていたが、今は結っていない。風に流される長い髪を手で押さえる必要があった。

隣《となり》にはフラインがいた。柵《さく》に手をかけ、身を乗り出しながら景色を眺《なが》めている。

「ここ、静かだから好きなんだよ。王宮も街も全部見渡《みわた》せる。夜になると王宮と騎士塔《きしとう》と魔術士塔の明かりが綺麗《きれい》で、よく抜けだして見に来ていた」

「フラインは魔術士塔に引きこもるのが好きかと思っていたのに」

「それも好きだけどね。でもここは……決意の場所だから」

フラインはそう言って、俯《うつむ》く。

「忘れそうになったらここに来て、あの日の決意を思い出す」

「あの日の決意？」

聞いたことがあっただろうか。令嬢としての今、騎士団長としての頃も含《ふく》めて思い返すが、フラインが語る決意とやらはわからない。

けれど寂《さみ》しげなまなざしから、それが彼にとって大事なものであると伝わってきた。

「ところで！」

くるりと向き直り、フラインが言う。

「さっきジェフリーに声をかけていたのはどうして？」

問われて、エリネは考える。騎士団を取り巻く現状や、これから起こる出来事についての忠告をしたかった。しかしそれをフラインに語るわけにはいかない。どう答えるべきか。慎重《しんちょう》に言葉を探《さぐ》る。

「……今の騎士団に、問題があるように見えたから」

「問題？」

「っと、その、もう少しで騎士巡礼《きしじゅんれい》があるから！」

騎士巡礼とは、一年に一度行われる騎士団の行事である。本来はミリタニア王国の各地を巡《めぐ》るのだが、現在は簡略化され、国内の聖洞《せいどう》を巡るのみとなった。全員参加ではなく、入団後一年の若い騎士が選ばれる。入団後に培《つちか》ってきた剣術《けんじゅつ》や体術を披露《ひろう》する場であり、協調性や統率《とうそつ》力も求められる。騎士にとって重要な行事だ。

「言われてみると、騎士巡礼の時期だね。今年はジェフリーたちの番かな。でも、君は騎士ではないのだから、そこまで心配する必要はないだろうに」

「剣派と魔《ま》派の派閥《はばつ》争いは、ミリタニア王国民全《すべ》ての問題だと私は思ってる。騎士であるとかないとかは関係ないよ」

これは国が抱《かか》えている問題で立場なんて関係ない。そう思っているが故にエリネの言葉は強さを増す。

そんなエリネに対し、フラインは笑《え》みを湛《たた》えていた。彼女が熱く語れば語るほど、フラインの表情は緩《ゆる》んでいく。しかしその感情を押し隠《かく》し、問いかけは冷静だ。

「じゃあ、君は剣派と魔派の争いをどうするべきだと考えてるの？」

「派閥を作らずに協力する。じゃないと、何かが起きた時の対応が遅《おく》れる。双方《そうほう》が同じ方向を向いてこそ、ミリタニアは強靭《きょうじん》な国になるはず」

話しながら、エリネは既視感《きしかん》を抱《いだ》いていた。この会話を、以前もしている。

あれは確か、騎士団長になる前だ。騎士塔を歩いていた時、突然《とつぜん》フラインに話しかけられ、そこから顔を合わせるたび言葉を交《か》わすようになった。

(騎士団やこの国の未来について、日が暮れるまでこの場所で話していた)

駐屯地《ちゆうとんち》や王宮では語れないことを、この場所で語り合ったのだ。その時もこんな風に、フラインは手すりにもたれかかってこちらを見ていた。

フラインはこちらを向いて微笑《ほほえ》む。前と同じ、安心したような笑顔で。

「君の考えは嫌《きら》いじゃない。僕も、同じことを考えているからね」

しかし、言い終えると、堪《こら》えきれなくなったのか声をあげて笑い出した。

「でも面白《おもしろ》いよ。優《すぐ》れた身体《しんたい》能力とセンスを持っているのに騎士団に入らず、けれど騎士団を憂《うれ》う伯爵令嬢《はくしやくれいじよう》なんて、この国を見渡しても君しかいないだろうね」

「笑わなくてもいいでしょ！」

「いいや、君は変わっているよ。屋敷に引きこもって遊んでいる伯爵令嬢になればいいものを、騎士に助言を送るなんて面倒見《めんどうみ》が良すぎる」

　エリネにはわからないが、フラインはエリネの言動に面白さを見出《みいだ》したのだろう。ひとしきり笑うと、彼はこちらにやってきた。

「真っ直《す》ぐなんだよ、君は。追いかければ追いかけるほど眩《まぶ》しいんだ」

　ぽん、と手のひらが頭に落ちる。頭を撫《な》でられているのだ。

　エリネは他《ほか》の女性と比べれば背が高く、だからか子どもをあやすように頭を撫でられる経験はあまりなかった。そんなエリネでもフラインの背丈《せたけ》には敵《かな》わないため、見上げる形となる。目が合った拍子《ひょうし》に恥《は》ずかしさが生じたが、それを押し隠してエリネは言う。

「……フライン、楽しそうだね」

「そりゃそうだよ！　エリネの観察は僕の趣味《しゅみ》だからね」

◆

　エリネが不安を抱くのは、騎士巡礼にて起きる事件が国を揺《ゆ》るがすためだ。

　騎士巡礼。これは騎士団の行事で、新人騎士たちにとって大きな試練である。この騎士巡礼は入団して一年経った騎士らのみで行う。無事に帰って来て一人前と認められるのだ。

　だが、エリネの記憶《きおく》が正しければ聖洞に立ち入ったところで――彼らは襲《おそ》われる。

（私の時は、巡礼《じゅんれい》に行く前にフラインに呼び出され、最新の魔術《まじゅつ》や魔術生物と戦う立ち回りを教わっていた。だから、魔術ゴーレムに襲われても落ち着いて行動できた）

魔力をベースにして作る人工生物を魔術生物と呼ぶ。エリネらを襲ったのも、魔術ゴーレムという魔術生物だった。この頃《ころ》は魔術生物の存在が広く知られず、一部の魔術士が研究し、ミリタニア王の認可《にんか》を目指すところであった。対騎士対策が練られているため戦いにくく、弱点である頭部の紫《むらさき》水晶を破壊《はかい》しなければ倒《たお》せない。さらに魔術士がいる限り、無限にゴーレムが作り出されるという、厄介《やっかい》な性質がある。

騎士であったエリネは聖洞に入ったところで無数の魔術ゴーレムに襲われた。皆《みな》が混乱する中、フラインから知恵《ちえ》を授《さず》かっていたエリネが先陣《せんじん》を切って戦ったため、数名の怪我《けが》人を出すのみで止《とど》まった。

（あの時、魔術ゴーレムの生成がぴたりと止まったけど……それがなかったら、永遠に戦い続けていたかもしれない）

今にして思えば、魔術ゴーレムがどうして生成されなくなったのかわからない。運がよかっただけかもしれない。

今回の騎士巡礼ではそのように危険なことが起きるのだ。手助けをしたいところだが、聖洞に入れるのは王の認可を得た騎士のみ。魔術士も入れぬ聖地に、ただの伯爵令嬢であるエリネは立ち入れない。

（ジェフリーは腕《うで》が立つから大丈夫《だいじょうぶ》と思いたいけど……）

やはり騎士になった方がよかったのか。今からでも遅《おそ》くないかもしれない。かつては仲間であった者たちが危機に瀕《ひん》すると想像するたび、自らの選択《せんたく》に自信がなくなっていく。家族を選んだことに後悔はないが、今からでも騎士になったほうがよいだろうか。

自室の机に突《つ》っ伏《ぷ》し、エリネは悶々《もんもん》と考える。どうしたら今の騎士団を助けられるか。彼らが無事に帰って来るためには――。

「お姉様！　お客様がいらしています」

思考に耽《ふけ》るエリネを呼ぶのはライカだった。来客らしいが、名前を告げないところから察するにフラインではないのだろう。だとすれば誰《だれ》が来たのか。

エリネは急ぎ、部屋を出る。そして応接間に入った時、エリネの目は丸くなった。

腰《こし》掛《か》けていたのはジェフリーだった。エリネに気づくと彼は立ち上がり礼をしたが、相変わらずの仏頂面《ぶっちょうづら》である。

「突然の訪問、申し訳ございません。エリネ・マクレディア伯爵令嬢にお願いがあり、こちらに来ました」

「私に？　とりあえず座ってください」

座るように促《うなが》すも、ジェフリーは動かなかった。固まっている、ようにも見える。

（うん？　何を見ているんだ？）

ジェフリーの様子が気になり、彼の視線を追う。彼が見ているのはエリネ……ではなく、隣《となり》にいたライカだった。

「あ、あの、私も一緒《いっしょ》に話を聞いてもいいです？」

カッパーレッドの制服を着た騎士が目の前にいるのである。ライカとしては、エリネとどんな会話をするのか気になっているのだろう。エリネを騎士に推薦《すいせん》すると期待しているのかもしれない。

しかしおずおずと聞いたライカの問いかけに、ジェフリーは答えなかった。彼はライカを見つめたまま固まっている。頰《ほお》が赤くなっているようにも見えた。

（確かに、ライカはとっても可愛《かわい》い自慢《じまん》の妹だけども……！）

大事であるからこそ、ライカを見つめて固まる男なんて許せるものか。エリネは苛立《いらだ》ちながら、ライカを隠すように前に立つ。

「ジェフリー様？」

「あ、ああ……すみません、失礼しました」

ようやく我《われ》に返ったのかジェフリーがソファに腰掛ける。しかしまだ彼の頰は赤く、ちらちらとライカの様子を盗《ぬす》み見ていた。

「……ライカは部屋に戻《もど》って」

この様子では話が進まない。エリネはため息をついて、ライカを応接間から出す。

名残惜《なごりお》しそうにしながらもライカが去ると、ジェフリーは普段《ふだん》通りの表情に戻った。ライカに見入っていたことなどなかったかのように、素知らぬ顔をしている。

「それで、話とは」

「はい。これはエリネ嬢《じょう》にしか頼《たの》めないのですが――」

そうして告げられたものは、エリネにとって予想外の、しかし嬉《うれ》しい提案だった。

⚜

数日後である。

「エリネ、ここで何しているの？」

驚《おどろ》いているのは、魔術士団のローブを着たフラインだ。その隣には、同じローブを着た魔術士が数名いる。

フラインが驚くのも無理はない。エリネがいるのは、郊外《こうがい》にある騎士団の駐屯地である。動きやすさを重視し、ぴっちりとしたパンツスタイルにロングブーツを履《は》き、長い髪《かみ》も高い位置で結い上げている。そんなエリネの手には練習用の木刀が握《にぎ》られていた。

「ジェフリーから稽古《けいこ》をつけてほしいって頼まれたの」

ぶんぶんと木刀を振《ふ》りながら、エリネは弾《はじ》けるような笑顔《えがお》で語る。

というのもジェフリーの頼みごとは『騎士に稽古をつけてほしい』であった。これまでのエリネの動きからただ者ではないと感じ取り、稽古をつけてほしいと考えたようだ。

令嬢としては断るべきなのだろうが、引き受けることにした。かつて仲間であった者たちの様子を見られるのは楽しく、騎士団の近くにいるのも心が落ち着く。一番は、エリネが大の稽古好きという理由だ。

(騎士団長の頃《ころ》は、私が駐屯地《ちゅうとんち》に行くと皆が逃《に》げ出そうとしたんだっけ……今は受け入れられているから嬉しいなあ)

『堅氷《けんぴょう》の番犬』と呼ばれていたエリネは、騎士からしても恐《おそ》ろしい存在であった。エリネの鬼稽古《おにけいこ》を受けた者は夢でうなされるだの、大男も泣いて裸足《はだし》で逃げ出すだの言われていた。新人騎士の様子を見に行こうとして、副騎士団長のジェフリーに止められたのも懐《なつ》かしい。

過去に戻ってからというもの、のびのびと体を動かす機会は減っていた。暇《ひま》を見つけて稽古はしても対人戦が出来ない。ジェフリーの頼みごとはエリネにとって願ってもない話だったのである。

そんなエリネの理由はさておき、気になるのはフラインと仲間の魔術士たちだ。

「フラインこそどうしてここに？　駐屯地に用事があった？」

大きな理由がない限り、魔術士塔《とう》に籠《こ》もる魔術士は多い。実戦訓練のため外出はしても、ここは騎士団の敷地《しきち》だ。剣《けん》派と魔《ま》派がいがみあっている今、魔術士らがここに来るのは異例である。

「少し特訓がしたくてね。他の魔術士に知られないようこの先の森に行こうと思って」

「他の魔術士に知られないように？」

「内緒。秘密の特訓だからね。君にだって知られたくない特訓とかあるでしょ」

ふふん、と得意げな顔をしてフラインが言う。彼としては別の話題に切り替《か》えたかったのだろう。しかし、隣にいる魔術士の一人が身を乗り出してエリネを覗《のぞ》きこんだ。

「なるほど。この方が、噂《うわさ》のエリネ嬢ですね」

「噂の？」

どうやら既《すで》にエリネの名を知っているらしい。見た目だけではフラインよりも年上に見えるが、敬語を使っている様子から、立場はフラインが上になるようだ。

彼は目をきらきらと輝《かがや》かせて頷《うなず》いた。

「我々の間で噂になっているんですよ。フライン殿《どの》が令嬢のもとに通っていると」

「おい！　勝手に話すな！」

フラインが慌《あわ》てたように彼を止めるも、その口は止まらない。

「会ってみたいってお願いしていたんですけどね。フライン殿が許してくれなくて」

「あのフライン殿が令嬢に執着《しゅうちゃく》するなんて絶対何かあると思ったんですよ。この噂が広まってから僕たちとも話す機会が増えましたし。フライン殿を変えたのはあなたでしたか」

さらには他《ほか》の魔術士も交ざってエリネの観察を始める始末だ。

「フライン殿は変わったところもありますけど、我が国きっての優秀《ゆうしゅう》な魔術士。いずれ筆頭魔術士になるでしょう。ぜひこれからもよろしくお願いしますね」

「そうそう！　エリネ嬢のもとに通われているうちは魔術士塔も平和です！」

なぜか頭まで下げられてしまった。この様子からして、フラインが魔術士塔でどのように過ごしているのか想像できてしまう。

（フラインは興味を持ったことしか進めない人だからね……）

自分が騎士《きし》団長として務めていた頃もそうだったと思い出す。興味のある分野はとことん追究するが、そうでないものに対しては冷めた男だった。どうにかフラインを動かしてほしいとエリネに頼みにくる魔術士もいたものである。

このやりとりにフラインはどうしているかと見やれば、彼は不機嫌《ふきげん》だとばかりに顔を顰《しか》めていた。天才魔術士といえど、部下を止めるのは難しいようだ。

「ほら、行くよ。早くしないと新魔術を教えてあげない」

拗《す》ねた様子のフラインが歩き始める。すると魔術士らが慌てて追いかけた。

「待ってください！」

「今日こそ防衛魔術を教えてもらえるんですよね!?」

去っていく魔術士らの会話から察するに、フラインが新しい魔術を編み出し、それを部下に教えようとしているのだろう。

しかし意外なものである。フラインに部下思いな一面は確かにあったが、それが見えてきたのは彼が筆頭魔術士になった後だ。自分が編み出した魔術も、必要性がない限り他者に教えない男だった。まさかこの頃《ころ》から、部下の指導に励《はげ》んでいたとは。

（フラインも頑張《がんば》っているのだから、私も頑張らないと）

負けていられない、とエリネも意気込む。木刀を握り直し、打ち込みを続けている騎士団員のもとに戻る。

そして、騎士団員らの動きを観察し、一人一人に声をかけていく。

「右手の握りが甘い。もう少しわきを締《し》めて」

「踏《ふ》みこむ前に躊躇《ためら》う癖《くせ》があるね。意識して直さないと、実戦で怪我《けが》するよ」

「軸《じく》がぶれてる。見本はこう！」

互《たが》いに畏《かしこ》まった態度では良い稽古ができないと考え、稽古をつけてほしいのならば仲間として扱《あつか》ってくれと頼んでいる。そのため砕《くだ》けた口調で言葉を交《か》わし、気になることがあれば遠慮《えんりょ》なく言えるようになった。

騎士団長の頃に接しているため、皆《みな》の癖や、苦手な分野、効果的な言葉掛《か》けも把握《はあく》している。騎士団員らの動きはめきめきと良くなっていった。

(やっぱり楽しい。稽古は最高だ！　体を動かすのっていい！)

体を動かすこと、汗《あせ》を流すこと、どれも最近得られていない幸福だ。

「よし！　次は模擬《もぎ》戦ね。私が相手になるから――」

そう言いかけたところで、エリネの動きがぴたりと止まった。視界の端《はし》にある駐屯地の門。そこに見慣れた人物がいたからだ。

「……ちょっと待ってて」

エリネは皆に告げて、門に向かって駆《か》けていく。

そこには門の陰《かげ》に隠《かく》れながら様子を窺《うかが》うライカの姿があった。手には籠《かご》がある。

「ライカ！　どうしてここに!?　まさか一人で来たの!?」

「お姉様がこちらにいらっしゃると聞いたので、差し入れをと思いまして……」

ライカはおずおずと籠を渡《わた》してくる。華《はな》やかなドレスに身を包んだ愛らしい令嬢がやってきているのである。男所帯の騎士らは好奇《こうき》のまなざしを向けていた。

「差し入れなら受け取るから！　一人で出歩くなんて何があるかわからない。今、空いている騎士にお願いして送ってもらうから……」

「待ってください。せっかく来たんですもの、お姉様の活躍《かつやく》を見てから戻《もど》りますわ」

ライカはきょとんとしているが、騎士は浮《う》き足立っている。冷たい印象のあるエリネとは違《ちが》う、愛らしいライカである。皆が見蕩《みと》れるのも仕方がない。

中でも硬直《こうちょく》しているのがジェフリーである。手にしていたはずの木刀はいつの間にか地に落ち、目を大きく見開いたまま静止していた。

「あ。ジェフリー様！」

そんな中、ライカはジェフリーの姿を見つけると彼のもとに駆け寄った。ジェフリーの硬直に気づかず、ライカは彼の顔を見上げて微笑《ほほえ》む。

「先日はご訪問ありがとうございました。応援《おうえん》していますので頑張ってくださいね！」

ライカとしては、あちこちで顔を合わせた騎士がジェフリーであり、親しみを抱《いだ》いているのだろう。他意はなく、純粋《じゅんすい》に彼を応援するため声をかけたと思われる。

だが逆効果だった。みるみるうちにジェフリーの顔は赤く染まり、ついにはライカから顔を逸《そ》らしてしまった。

エリネは腕《うで》を組み、二人のやりとりを見つめていた。ジェフリーがあのように照れているのは初めて見るのだが、その相手は幼い頃から大事に守ってきた妹だ。変な虫がつかないよう、意地悪な男子たちを追い払《はら》ってきたというのに。

「じゃあ、ジェフリー。私と模擬戦をしようか？」

笑《え》みを浮かべ、エリネは提案する。本人としては普段《ふだん》通りにしているつもりだが、ジェフリー以外の騎士が怯《おび》えるほどの気迫《きはく》を放っていた。

「ちょっと久しぶりだから、加減はできないかもしれないけど」

手首をぐるぐると回し、指を鳴らす。そんなエリネの様子に嫌《いや》な予感がしたのか、ジェフリーの顔が青ざめた。

日が暮れはじめ、その日の稽古《けいこ》は終わった。

エリネも帰ろうかと思ったが、どうしても武具の手入れをしたかった。騎士団長の頃《ころ》からの癖で、稽古が終わると武具の手入れがしたくなる。今は騎士でないとはいえ、いつでも使える状況《じょうきょう》にしておかなければ落ち着かない。

木刀の泥《どろ》を落としているとジェフリーがやってきた。

「先ほど、ライカ嬢《じょう》を送りにいった騎士が戻ってきました。無事に送り届けましたよ」

「ありがとう。ごめんね、妹を送らせてしまって」

「礼を告げるのはこちらです。稽古どころか片付けまであなたに手伝わせてしまった」

ジェフリーは隣《となり》に腰《こし》掛け、まだ磨《みが》き終えていない木刀に手を伸《の》ばす。どうやら手伝ってくれるようだ。

「あなたに頼《たの》んで正解でした。皆の動きが変わってきたように思います」

「本来、指導役となる先輩《せんぱい》騎士から稽古を受ける……と聞いたけれど？」

いないだろう、とわかっていながら問う。想定通り、ジェフリーは首を横に振《ふ》っていた。

「表向きは駐屯地《ちゅうとんち》にいるとなっていますが、実際のところはあまり」

駐屯地にいるべきはずの先輩騎士《きし》は、ここにいない。彼らは任務を放棄《ほうき》し、昼間から酒を浴びているのだ。

「騎士団長にも告げましたが改善されない。おそらくはジェフリーも、それを知っているのだろう。これも、エリネが知る通りの未来に進んでいる。

現在の騎士団長は名ばかりの存在で、私利私欲《しよく》に溺《おぼ》れ、騎士団を腐敗《ふはい》させている。これを変えたのはエリネだった。先輩騎士が指導にこない駐屯地にて、仲間たちを叱咤《しった》し、日頃の訓練方法やコツを皆に伝えて回った。騎士巡礼《きしじゅんれい》でも先頭に立って皆を率いた。腐敗した騎士団を変えようと立ち上がったのだ。

だが今回はエリネがいない。だからこそ託《たく》さなければならない。

「ジェフリーはこのままでいいの？」

その問いかけにジェフリーは項垂《うなだ》れていた。きっと、このままではいけないと心の奥底で思っているのだ。

「ジェフリーなら腐敗した騎士団を変えられる。騎士団長ではなく、皆を率いるのはあなただよ」

力強い声で告げる。この言葉はすんなりと浮かんだものだが、声にのせてみれば懐《なつ》かしさがあった。

（そういえば……私の時は、フラインに言われた）

これはかつてのエリネが言われたものだ。瞼《まぶた》を閉じ、その時を思い出す。

(言われた時、嬉《うれ》しかった。何が起きても、フラインを信じて進めた)

家族を失い、憧《あこが》れの騎士団は腐敗し——絶望していたエリネの心を支えたのはフラインの存在だった。意地悪な行動や訳のわからぬ発言、ストーカーまがいの変態行動をされても、フラインへの信頼《しんらい》は揺《ゆ》らがない。彼に支えてもらった日々があるからだ。

「……あなたは不思議ですね」

ジェフリーの声が聞こえ、エリネは瞼を開く。

「ただの伯爵令嬢《はくしやくれいじよう》ではないと思っていましたが、不思議な力を持っている。あなたに言われると、本当に騎士団を変えられるような気がしてくる」

エリネの言葉を正面から受け止めてくれたのだ。彼の瞳《ひとみ》には決意の炎《ほのお》が漲《みなぎ》っている。

「あなたの言葉を胸に、私は騎士団の改善に動きましょう」

きっと、ジェフリーも嬉しいのだ。あの時、フラインに同じ言葉をかけられたエリネが嬉しかったように。

信頼されている。それが力となり困難を打ち破ると、信じている。

うんうんと頷《うなず》いているエリネだったが、ジェフリーはじっとこちらを見つめていた。

「これまで、あなたこそ騎士になるべきだと思っていましたが……最近になって騎士にならなかった理由がわかりました」

「え？」

「あんなにも可愛《かわい》らしい妹御《いもうとご》がいるのであれば、家を離《はな》れたくない気持ちもわかります」

真剣《しんけん》な顔をして何を話すのかと思えば、ライカについてである。それも聞き捨てならない単語が交ざっていた。エリネは眉間《みけん》に皺《しわ》を寄せ、聞き返す。

「可愛らしい、とはライカのこと？」

「はい。とても愛らしく……一度会ってしまえば忘れられませんね」

彼の脳裏《のうり》にはライカの姿が浮《う》かんでいるのだろうか。顔を赤らめ、恥《は》ずかしそうに語っているのだが、何よりも妹を可愛がってきたエリネとしては許せない発言だ。

「もう少し頭を冷やす必要があるね？　手合わせしようか」

稽古は終わったはずが、駐屯地の広場にジェフリーの悲鳴が響《ひび》き渡《わた》っていた。


すっかり暗くなってしまった街を、エリネが駆《か》けていく。

（煩悩払《ぼんのうばら》い模擬《もぎ》戦は軽めにするつもりだったけど、こんなに遅《おそ》くなっていたなんて）

ライカが可愛いのはもちろんなのだが、悪い虫がつくのは許せない。ジェフリーという男の性質はわかっているし信頼もしているのだが、姉としては黙《だま》って見ていられなかった。

そうして予定よりも遅くなってしまった。街のあちこちに明かりが灯《とも》り、酒場や宿からは賑《にぎ》やかな声が聞こえる。若い娘《むすめ》が一人で出歩くには少々不安な刻限だ。

（この時期の天魔座には近寄らないようにしないと）

街の一角に天魔座の集会所がある。街の人々も天魔座を慕《した》うようになり、週に何度か人を集めて演説をしているようだ。しかし黒い噂《うわさ》もあった。集会所に入った若い者が戻《もど》らないであるとか、剣《けん》派の若い者が天魔座の者に攫《さら》われたとか——そのため、特に若い娘は近づかないようにと言われている。

ちょうど天魔座の集会所が見えてきた。入り口にはローブを着た者が立っている。急ぎ通り過ぎようとしたエリネだったが、違和感《いわかん》に足を止めた。

（いま、入っていったのは……）

フードをかぶっていたが、一瞬《いっしゅん》見えたその顔に見覚えがあった。その横顔はミリタニア王と似ているのだが、体付きは丸々としている。黒髪《くろかみ》に白髪《しらが》が交ざった壮年《そうねん》男性。

エリネが騎士団長だった頃、王宮で彼と会っている。

（フェフニール公だった気がする）

フェフニールは、ミリタニア王の弟であり、かつて王位を争った者である。ミリタニア王が剣派の支持を得ていたように、フェフニール公は魔《ま》派の支持を得ていた。彼は、王位を得られなかったが、魔術への造詣《ぞうけい》が深く、たびたび魔術士塔《とう》に通っていたのである。

そのフェフニールが、天魔座の集会所に通っているとは。騎士団長の頃も知らなかった事実にエリネの好奇心《こうきしん》が疼《うず》く。

(天魔座と関《かか》わりはないはず。魔派だからといって天魔座のもとに行くなんて――)

彼が天魔座の集会所で何をしようとしているのかを探《さぐ》りたい。心が急《せ》き、足が動く。

そして入り口に近づこうとしたものの、エリネの腕《うで》は強く引っ張られた。

「こら。寄り道しないの」

引き止めたのはフラインだった。エリネはすぐに向き直る。

「でも天魔座の集会所にフェフニール公が入っていった。何かあるかもしれない」

「エリネ」

興奮気味に話すエリネと異なり、フラインは落ち着いていた。彼はその長い指をエリネの唇《くちびる》に押し当て、言葉を封《ふう》じる。

「それを探って、どうするつもり？　君はただのマクレディア伯爵令嬢《れいじょう》でしかないのに」

ずきりと胸が痛んだ。

「彼に近づくのは危険だ。令嬢でいたいのなら、深入りしてはいけないよ」

フラインの言葉は正しい。これが騎士であったのなら堂々と動けるだろうが、今は普通《ふつう》の娘である。立場的な力はない。

そんなエリネが集会所に乗り込み、フェフニールを見つけたところで何もできないのだ。

「……そう、だね。フラインの言う通りだ」

「屋敷《やしき》に帰ろう。君の帰りが遅いから捜《さが》しにきたんだ。暗いし、送っていくよ」

稽古《けいこ》をつけた後だからか、騎士団長の頃の感覚に戻っていた。エリネは改めて自分の立場を認識《にんしき》する。

(私が騎士だったら違《ちが》っただろうな。フラインと共に乗りこんだり、探ったり……堂々と動いていたのに)

こういう時、頼《たよ》りになるのはフラインだった。ジェフリーなどの騎士らはいても、心から信じられるのはフラインだった。彼だけは、エリネと同じものを見て、同じものを目指していると思っていたから。

(一緒《いっしょ》に戦うのもフラインだと安心できた。背中を預けられる人だったから……ん?)

そこで、エリネの心に疑問が生じた。隣《となり》を歩くフラインを見上げる。

(騎士の時は、フラインがそばにいる理由があったけれど……今のフラインはどうして私のそばにいるのだろう。フラインが言う通り、ただの伯爵令嬢に過ぎないのに)

騎士と魔術士であれば互《たが》いに利害関係が生じるのだが、現在はないはずだ。だというのにフラインはたびたびエリネの前に現れる。

その理由が気になり、彼の様子を眺《なが》めていると、エリネの視線に気づいたらしいフラインが苦笑いをした。

「そんなに見つめられたら僕に穴が空いちゃうよ。何か、気になる?」

「どうして、フラインはいつも私のそばにいるの?」

問うと、フラインの顔色が変わった。困ったように顔を逸《そ》らし、返事に悩《なや》んでいる。

「あなたは稀《き》代《たい》の天才魔術士様で、いずれ筆頭魔術士になるかもしれない。そんなフラインが、私のそばにいるのには理由があるんじゃないかって」

答えるまで逃《に》がさないとばかりに、エリネはフラインを見つめ続ける。

フラインは変わらず黙っていたが、根負けしたかのようにため息をついて答えた。

「……放《ほう》っておけないから」

「放っておけないってのは、私のこと？」

「そう。君は妹や両親を大事にしている。婚約が破棄《はき》になっても家族を守り続け、さらには騎士《きし》団や国の心配まで始める始末だ」

フラインの歩みが止まった。街を抜《ぬ》け、屋敷に向かう道の途中《とちゅう》である。フラインの表情を隠《かく》そうとするかのようにあたりは薄暗《うすぐら》く、エリネも歩を止めて彼に見入った。

「誰《だれ》かのためではなく自分のために動いて、好きな時に笑ったり泣いたりする。そういう自由を君に手に入れてほしい」

「自由……？」

「騎士として生きなくていい。伯爵令嬢でもいい。でも人のためじゃなくて、エリネ自身のために動いてほしい――そう願っているから、君が放っておけない」

そのようにフラインが考えていたと、エリネは知らなかった。

彼の言葉はゆっくりとエリネの頭に溶《と》けこんでいく。

(誰かのためではなく、私がやりたいこと……自由になる?)

確かに騎士を諦《あきら》めたのは家族のためだった。騎士団に手を貸すのも彼らが心配だから。エリネ自身のやりたいことは何かと問えば、それは見えてこない。考えれば考えるほど頭が痛くなりそうだ。

「……ふふ、何その顔」

気づくと、フラインがこちらを見て笑っていた。

そんなにひどい顔をしていたのだろうかと困惑《こんわく》していれば、フラインの指先がエリネの頬《ほお》を摘《つ》まんだ。

「君は責任感が強すぎるからね。隣にいて、僕も少し負担したいと思っただけ」

むにむにと頬を揉《も》まれる。頬に触《ふ》れられるほど近くにいるのだ、となぜか実感した。この距離《きょり》に少々の恥ずかしさを感じてしまう。

「よし。そろそろ行こう。無駄《むだ》話をして引き止めていれば、君が溺愛《できあい》する妹に怒《おこ》られてしまうからね」

そう言ってフラインは歩き出す。その背はいつもと変わらぬフラインのもので、だからこそ先ほどの言葉はフラインの本心であったような気がした。

(フラインは……そんな風に、私を見ていたのか)

これが本心かと問えば、フラインはきっと否定する。言葉を巧《たく》みに操《あやつ》り、人をからかって遊ぶのを好む男だから、きっと認めてくれないだろう。でもエリネは、あの時のフラインが心を見せてくれたような気がした。

（私のやりたいこと……）

それは何だろう。自問自答を繰《く》り返しながら、エリネはフラインと共に屋敷に帰った。


ついにジェフリーら若手の騎士たちが、騎士巡礼《きしじゅんれい》に出発する日がやってきた。

騎士らは広場に集まり、ミリタニア王の薫陶《くんとう》を受ける。街の人々の歓声《かんせい》を浴びながら、騎士たちは馬に跨《また》がり、聖洞《せいどう》を目指すのだ。

エリネも彼らを見送るため街にいた。出発前の騎士は忙《いそが》しそうにしていて声をかけられなかったが、前よりも凛々《りり》しくなった姿に胸が熱くなる。

（あれから毎日、稽古をつけていたからね。まだまだ叩《たた》きがいはあるけれど、聖洞に送り出すにはじゅうぶんな顔つきになった）

おかげさまでエリネは毎日駐屯地《ちゅうとんち》に向かった。これから起こる事件についての対策も叩きこんでいる。

魔術生物には弱点がある。それを見極《みきわ》めるため、互いに石を体につけての模擬《もぎ》戦を行った。

（でも……皆《みな》で戦ったところで数体が限度。早めにゴーレムの生成が止まるといいけど）

エリネの時は、戦っているうちにゴーレムの生成が止まったため、被害《ひがい》は数名の怪我《けが》で済んだ。だが戦いが長引けばどうなるかわからない。騎士団長ではない今でも、騎士たちは大事な仲間である。怪我もしてほしくない。

今回は先頭を行く騎士はジェフリーだ。構成された騎士たちの中で、最も統率《とうそつ》力があると判断されたのだろう。エリネも、ジェフリーならば騎士団を変えられると思っている。

（……さて。私は今のうちに動くとするかな）

にやりと笑《え》みを浮《う》かべ、エリネは広場を離《はな》れる。向かう先は街より遠く離れた森の中だ。

（この森の中に、天魔座の拠点《きょてん》が隠《かく》されているはず。街にあるものよりも大規模だ）

街の人々が立ち寄らぬのをいいことに、天魔座は森の中に拠点を作っていた。洞窟《どうくつ》を利用し、奥や地下を掘《ほ》り進め、彼らの研究施設《しせつ》を作っているのである。

なぜ知っているのかというと、騎士であった頃《ころ》、そこに乗りこんでいるためだ。それを思い出し、エリネは苦笑いする。

（騎士団長を信じるなとフラインからヒントをもらっていたから、帰還《きかん》する前に天魔座の拠点を突《つ》き止めて乗りこんだのよね）

聖洞を出たエリネらは王宮に帰還せず、外にあった魔法陣《まほうじん》の魔力を辿《たど》ることを優先した。王宮に帰還して報告をすれば、騎士団長らに妨害《ぼうがい》されて、追跡《ついせき》できなかっただろう。

今回、ジェフリーもそのように判断するかもしれない。となればこの拠点はまもなく騎士団に押さえられる。しかし、騎士団に押さえられる前に確かめたいことがあった。

（王の弟であるフェフニール公が関与《かんよ》しているのか、探《さぐ》りたい）

フラインには深入りするなと忠告を受けているが、エリネはどうしても気になっていた。王弟《おうてい》フェフニール公は魔《ま》派の人間である。今回の聖洞襲撃《しゅうげき》事件の後、天魔座には国内の反乱を企《たくら》んだとして追討命令が下るのだが、フェフニールの関与は確認されなかった。むしろフェフニールは天魔座の追討を王に進言していたのである。

（反逆を試みた天魔座とフェフニールに関係があるのなら、フェフニールはいまだに王位を諦めず、ミリタニア王を狙《ねら》っているかもしれない）

王位は得られなくとも、ミリタニア王はフェフニールを信頼《しんらい》し、フェフニールもミリタニア王に忠誠を誓《ちか》っている。だが、彼の腹の内は違《ちが》うのかもしれないと疑念が生じた。

拠点である洞窟に着いたエリネは、まずは岩陰《いわかげ》に身を潜《ひそ》め、周囲を確認する。しかし、いるはずと思っていた見張りはなぜかその場で倒《たお》れていた。

（どうして？　まだ騎士団は来ていないはずなのに）

警戒《けいかい》しながらも中に入り、洞窟の奥に向かう。奥は洞窟を掘り広げたのか広い空間になっていたが、ここにも起きている人はいない。皆して、意識を失い倒れている。

不審《ふしん》に思いながらもエリネはテーブルを動かし、絨毯《じゅうたん》を剝《は》がす。この部屋の先に大したものはないとわかっている。天魔座は重要なものを地下に隠しているのだ。記憶《きおく》通り、絨毯を剝がすと地下への扉《とびら》があった。

扉を開け、中に入ろうとしたところで、エリネは物音に気づいた。

「見張りが倒れてるぞ！」

外にいた天魔座の者が戻《もど》ってきたらしく、彼らはこちらへと駆《か》けてくる。

まだエリネに気づいていないようだが、彼らが来る前に地下に潜《もぐ》るなど身を隠すのは難しい。エリネは諦めて短剣《たんけん》を構えた。物足りない武器ではあるが、剣を持って屋敷《やしき》を出れば家族に不審がられてしまう。短剣を太ももに隠すのが精一杯《せいいっぱい》だった。

相手は天魔座の者。国に認められていない魔術士《まじゅつ》とはいえ、魔術を好み、研究を続ける者たちだ。魔術士との戦いは心得ているとはいえ、こちらの武器が短剣というのが心許《こころもと》ない。相手の数によっては厳しいかもしれない。

警戒しつつも構えていると――エリネが見つめる先とは別の方から音が聞こえた。

誰もいないと思っていたが隠れ潜んでいたのか。エリネは慌《あわ》てて振《ふ》り返るも遅《おそ》く、何者かに口を塞《ふさ》がれた。

（まずい。口が）

しかし口を塞ぐのみで襲《おそ》いかかってくる様子はない。手足をばたつかせて抵抗《ていこう》していると、突然《とつぜん》人の姿が現れた。

「静かに。僕の手を握《にぎ》って。君にも透明《とうめい》化の魔術がかかるから」

エリネの口を塞いでいたのはフラインだった。突然現れたのは彼が透明化の魔術を使っていたからだ。透明化の魔術の使用中は集中して目をこらさないと気配がわからない。特にフラインは魔力が高く、魔術の精度が良い。エリネが気づかぬのも当然である。

言われるがまま、フラインと手を繋《つな》ぐ。するとすぐに、フラインは唇《くちびる》を動かし、呪文《じゅもん》を唱えた。そこにいたはずのフラインがみるみると透《す》けていく。見ればエリネの手や足も消えていた。体の感覚はあるのに視認《しにん》できないため奇妙《きみょう》な心地《ここち》になる。

二人の姿が消えた後、天魔座の者たちがやってきた。奥の間に倒れている人たちや地下への入り口が曝《あば》かれていることに気づき、慌てている。

「倒れてる。誰《だれ》がやったんだ？　侵入《しんにゅう》者かもしれない。報告をしないと」

彼らは地下への扉を開き、急ぎ駆けていった。

その様子を見届けた後、フラインは立ち上がる。手を離せば魔術が切れてしまうため、エリネも慌てて彼に倣《なら》った。

フラインはこちらを見やり、小声で言う。

「僕は地下に入ろうと思うけど、君は？」

「私も行く」

「君のことだから、フェフニールの関与について探りに来たのかも知れないけど、この拠点にその情報はないと思うよ。それでも来る？」

エリネの心を見抜《みぬ》いたような言葉で、少々反応に困った。

（そういえば、天魔座の拠点制圧に来た時、既《すで》にフラインがいた。怪《あや》しい動きがあったかと話していたけれど、フラインは何を探りにきていた？）

フェフニール公の情報がないのは残念だが、フラインの目的は気になる。悩《なや》んだ結果、エリネは首を縦に振る。

「わかった。じゃ、足を引っ張らないようにね」

フラインは素っ気なく告げ、開け放たれている地下への道に飛びこむ。続いてエリネも地下に潜った。

拠点の地下は、意外にも広く作られている。天魔座の者たちが少しずつ広げていったのだろう。通路は二人が並んで歩いても余裕《よゆう》があるほど広く、石が敷《し》かれている。地下であるからか湿度《しつど》は高いものの、快適そうな空間だ。

通路からいくつもの部屋に続く。あちこちの部屋で魔術の研究をしていたのだろう。フラインの研究室で見たことのある器具や本が並んでいる。

（フラインは、何をしているのだろう）

そういった部屋には見向きもせず、フラインは真っ直《す》ぐに進む。

その足がようやく止まったのは奥にある広間の前だった。

薄暗《うすぐら》いその部屋には紫色《むらさきいろ》の魔法陣がいくつも描《えが》かれ、魔法陣の中央には天魔座のローブを着た者が座っている。壁際《かべぎわ》には天魔座の者がずらりと並び、魔法陣を見つめていた。

すると、魔術士の前に魔術ゴーレムが現れた。しかしすぐに、ゴーレムの姿は魔法陣に吸いこまれて消える。

(転移魔法陣……つまり、ここで魔術ゴーレムを作っていた?)

魔術ゴーレムは転移魔法陣にてどこかに送られている。この頃《ころ》、転移魔法陣は最新の魔術で、一部の魔術士しか知らないものだった。不具合が多く、転移失敗も多々ある。後にフラインが研究していたが、魔術士団での実用化は見送られていた。

(天魔座はいち早く新魔術の研究をしていた。私が知らない魔術についても、ここで研究されていたのかもしれない。これだけの設備に、新魔術の開発環境《かんきょう》となれば、王宮の魔術士塔《とう》並みだ。相当な資金源がないと出来ないはず。どこから手に入れていたのだろう)

エリネは黙々《もくもく》と考えこんでいたが、フラインは違ったようだ。彼は物陰《ものかげ》から身を出すと、広間の入り口に向けて杖《つえ》をかざした。

(フライン？　何を――)

彼は何をしようとしているのか。疑問に思っていると轟音《ごうおん》が響《ひび》いた。杖より光が放たれ、それは雷《かみなり》のように魔法陣の真ん中に落ちたのだ。魔術士がぱたりとその場に倒れる。

まだ手は繋いでいるため、フラインとエリネの姿は透明化されている。天魔座の者からすれば、突然襲撃《とつぜんしゅうげき》されたような心地だろう。壁際に立っていた者たちが急ぎこちらに向く。

「襲撃だ！」

「雷撃《らいげき》があった。魔術士が忍《しの》び込んでいる！　どこにいる、捜《さが》せ！」

慌てる声が聞こえてもフラインは表情一つ変えていなかった。その唇は再び呪文を紡《つむ》ぎ、杖に紫色の光が灯《とも》る。

魔術士にとって杖とは魔力を増強する武器である。普段《ふだん》は杖を持ち歩かないフラインだが、今日は持っている――つまり、全力で戦うつもりなのだ。

フラインは笑《え》みを浮《う》かべ、ウィスタリア色の目を見開く。

再び雷撃が落ちた。その後はエリネの手を引いたまま駆け出し、部屋に入る。透明化していても魔術の発動した場所から位置が特定されるため、反撃に備えて位置をずらした。

続けてフラインは火炎《かえん》の魔術を使い、近づこうとした天魔座の者たちを足止めする。

(こんな派手に戦うなんて、どうして……)

フラインが戦う理由を考え、ようやくエリネは気づいた。

彼がここで暴れているため魔術ゴーレムの生成と転移は止《や》んでいる。あの魔術ゴーレムは聖洞《せいどう》で襲いかかってきたものであるから、転移先は聖洞だろう。

（もしかして、私の時もフラインは一人で戦っていた？　ゴーレムの生成が止まったのはフラインが魔術士を倒してくれていたから？）

エリネが騎士《きし》であった時、騎士巡礼《きしじゅんれい》で聖洞に入ったところをあのゴーレムに襲われている。何度倒してもゴーレムは襲いかかってきたが、それが突然止んだのである。

魔術士を止めぬ限り生成は止まらないはずだ。だがあの時は、ぴたりと止まった。もしかすると聖洞にいる騎士団のため、フラインが陰《かげ》で動いていたのかもしれない。

（何かを探《さぐ》る様子もなく、真っ直ぐにここに来て、魔術士を止めている。やっぱりそうだ、私の時もフラインが助けてくれていた）

繋がれた手。透明化の魔術に交ぜてもらったため、エリネは今戦わずに済んでいる。ゼボル侯爵《こうしゃく》の時も今も、フラインはいつもそばにいた。

（そばにいる理由は、私のことが放っておけないからと話していたけれど……自由になってほしいって、どういう意味だろう）

考えても答えは見えてこない。騎士や騎士団長であった時ならともかく伯爵令嬢《はくしゃくれいじょう》に過ぎない今はどうして――そう考えていた時、手を強く引っ張られた。

天魔座の魔術士がフラインの位置を見抜き攻撃《こうげき》を仕掛《しか》けたのだ。防衛魔術を使いながらフラインが逃《に》げる。そのためエリネの手を引いたのだが。

（しまった。考えごとをして反応が……）

気を取られていたため、エリネの反応が遅《おく》れた。引っ張られるままに体は動き、足がもつれる。ついにはその場に転んでしまった。

「エリネ！」

フラインが振り返るも間に合わない。手が離《はな》れたため、エリネの姿が可視化されていた。

「なんだ。忍び込んでいたのは女か。魔術士っぽくはないが」

「なんでもいい！　捕《と》らえろ！」

天魔座の者たちはエリネに気づき、こちらに杖を向ける。

エリネは身構えた。短剣《たんけん》を取る余裕はないため、まずは素手《すで》で凌《しの》がなければならない。

「……仕方ないね」

その声が聞こえると同時に、フラインも姿を現した。

天魔座の者からすれば魔術士団のローブを着て杖を持つフラインこそ警戒《けいかい》すべき存在だ。皆《みな》は一斉《いっせい》にフラインに襲《おそ》いかかろうとしたが、フラインは再び火炎の魔術を放って距離《きょり》を取る。

杖より火炎が放たれる間に、フラインはエリネのそばに寄った。

「今のうちに隠《かく》れていて」

「私も戦う」

エリネはそう告げ、部屋の隅《すみ》を見やる。天魔座は魔術士の集団ではあるが、研究目的なのか剣や弓といった武器が立てかけられていた。あの剣ならばじゅうぶんに戦える。

だが、フラインは険しい表情で首を横に振《ふ》った。

「だめだよ。君は、普通《ふつう》の伯爵令嬢になるのだろう？　ならば剣を持たず、僕に守られていればいい」

フラインは自らの体でエリネを隠すようにしていた。じっとしていろ、との意味が込められているのだろう。

（騎士であった頃《ころ》は対等に戦っていたけれど、今は戦わせてくれない）

人よりも優《すぐ》れた身体《しんたい》能力、抜群《ばつぐん》の戦闘《せんとう》センス。それらを持っていても今のエリネは伯爵令嬢である。堂々と戦える立場ではない。

だからといって、守られているのが良いのだろうか。エリネの心に迷いが生じた。

（誰《だれ》かのためでなく、私がやりたいこと……）

フラインにかけられた言葉を思い返す。漠然《ばくぜん》としていたが、この瞬間《しゅんかん》にはっきりと見えた気がした。

「私も戦う」

そう告げると同時に駆《か》け出す。部屋の隅に向かい、剣を手に取る。愛用していた剣とは異なり、錆《さび》ついた重い剣だが構わない。

「私は騎士じゃない。だけど、大人しくドレスを着ている令嬢にもなれない」

剣を手にし、フラインのそばに戻《もど》るとエリネは告げる。

「大事なものを守る。それが私のやりたいこと」

思い浮かぶ守りたい人たち――ライカや両親。そしてフライン。騎士団のみんな。

死に戻ったのは、伯爵令嬢として平穏《へいおん》に過ごすためだけじゃない。この剣は、大事なもののためにある。

「……わかった」

フラインはこちらをじっと見つめ、それから笑った。

「じゃあ、お互《たが》いに本気で挑《いど》もうか」

「もちろん」

剣を振るう。体は鈍《なま》ってはいない。よく動き、よく反応する。

魔術士は近接攻撃に弱い。素早く懐《ふところ》に飛びこみ、詠唱《えいしょう》前に峰《みね》打ちをして動きを止める。

他《ほか》の部屋からも増援《ぞうえん》がきて敵は増えたものの、ここには未来の筆頭魔術士フラインと、かつて騎士団長であったエリネがいるのだ。この程度の数ならば圧倒《あっとう》できる。

「エリネ、右だ！」

「わかった。フラインは援護《えんご》を」

互いに短く言葉を掛《か》け合う。

エリネが参戦してからフラインは戦い方を変えた。雷撃は極《きわ》めて一部の範囲《はんい》に絞《しぼ》り、エ

リネに被害《ひがい》がかからないようにしている。エリネの死角となる位置を冷静に観察して情報を送り、時には防衛魔術を使う。

（動きやすい。この頃から、フラインは騎士との共闘《きょうとう》に慣れていたの？）

息が合っている。エリネが言わずとも、使ってほしい魔術が飛んでくる。

（戦いやすく、一番信頼《しんらい》できるのがフラインだった。今も安心する）

背を預けて戦うには信頼が必要だ。その意味で、フラインは最も相性《あいしょう》がよかった。

今もその時と同じように、戦っていて楽しい。安心して剣を振るえる。

気づけば天魔座の魔術士も残り一人となっていた。大勢いた魔術士が、たった二人にやられたのだ。もはや戦意は残っておらず、腰《こし》を抜《ぬ》かして座りこんでいる。

彼の前にフラインが近づく。そして杖《つえ》を翳《かざ》した。

「おやすみ。あとでみんな捕らえてあげる」

ぱしゅん、と小気味のよい音が響《ひび》いた。天魔座の者が眠《ねむ》りにつき、その場に倒《たお》れる。

天魔座の者はフラインやエリネによって気を失い、倒れている。怪我《けが》をしている者はいるが、命を落としてはいないはずだ。エリネもできる限り峰打ちにした。

警戒し、フラインはあたりを見回す。エリネとフライン以外残っていないことを確かめると、彼は長く息をついて、乱れた髪《かみ》をかき上げた。

「君はすごいね。こんなに戦えるなんて予想以上だよ」

「あなたも騎士《きし》と戦うのが上手《うま》いのね」

告げると、フラインは一笑《いっしょう》した。

「……まあね。練習したから」

フラインも練習をするのか、とエリネは感心して聞いていたが、彼はずかずかとこちらにやってくる。彼は長い杖でこつんと、エリネの袖《そで》を示した。

「せっかくの服が、裂《さ》けてしまってるよ」

「これぐらい気にしない。それよりも大事なものがあるから」

エリネはいまだ持っていた剣の柄《つか》を強く握《にぎ》りしめる。

「誰かが危ない目にあっていたら助ける。この手で守り抜く。それが私のやりたいことだから、ここで戦えてよかった」

「うん？　つまり君は、僕を守ろうとしたの？」

間を置かず、エリネは頷《うなず》く。守りたいと強く思った。フラインの背に隠れているだけではいやだった。隣《となり》に並んで、共に戦いたかったのだ。

そんなエリネの様子にフラインはしばし目を瞬《しばたた》かせ、驚《おどろ》いている様子だった。しかしふっと表情が和《やわ》らぐ。

「ふふ、変わらないね」

その手がこちらに伸《の》びてくる。

　エリネははっとして防御姿勢《ぼうぎょ》を取ろうとした。片手で頭を守ろうとしたのだが、そんなエリネにフラインが苦笑している。

「令嬢ならば大人しく撫《な》でられた方がいいよ」

「でも、子ども扱《あつか》いされているみたいで……」

「だって僕を守ろうとしてくれたんでしょう？　だからこれはご褒美《ほうび》。よくできました」

　そう言ってフラインは優《やさ》しくエリネの手を退《の》ける。温かな手のひらが頭を撫でた。

「稀《き》代《たい》の天才魔術士を守ろうとする令嬢なんて、きっと君ぐらいだろうね」

「……む。馬鹿《ばか》にしてる？」

「馬鹿にしていないよ。君は真っ直《す》ぐで、僕が思っている以上に強い。いつも君に驚かされている」

　しかし彼の声音《こわね》はからかっている時と同じものだ。それにむっとしながら見上げる。

（距離《きょり》が近い。よく見ると、フラインはこんなに顔が整っているんだ）

　女性たちがきゃあきゃあ騒《さわ》ぐのもわかる気がする。そんな彼が、エリネを守ろうとしてくれていたのだ。他の女性たちならば大人しく彼に守られただろう。けれどエリネは共に戦いたかった。彼を守りたいと思った。

（フラインが傷つくと思うと、胸がざわざわする）

　傷を負ってほしくない。そばにいてほしい。そんな願いが、なぜか生じた。この気持ちはどうしてだろう。

「エリネ、君はこれからも真っ直ぐでいてね」

ぼんやりとしていたエリネに、フラインの言葉が落ちる。

いつの間にか真剣《しんけん》な表情をし、なぜかまなざしは悲しげだった。どうしてなのかはわからない。彼はすぐに瞳《ひとみ》を伏《ふ》せ、エリネから離《はな》れていく。

「惜《お》しいなあ。君がもし騎士団に入っていたら敵なしだっただろうに。案外、騎士団長になっていたかもしれないよ？」

そこにあった憂《うれ》いなどなかったかのように、フラインはいつもの調子である。

（まあ……騎士団長になっていたけどね）

エリネは苦笑いをすることしかできなかった。

しばらくして、天魔座の拠点《きょてん》は慌《あわ》ただしくなった。聖洞《せいどう》での巡礼《じゅんれい》を終えた騎士らがこちらに乗りこんできたのだ。ジェフリーの判断で、報告前に天魔座を押さえようとしたらしい。

「……これは、どういう状況《じょうきょう》ですか」

困惑《こんわく》したジェフリーが言うのも当然だ。詰《つ》めていただろう魔術《まじゅつ》士らは全員気絶し、縄《なわ》で縛《しば》られて転がっている。さらにはフラインとエリネがいるのだから。

「あれ、騎士団の皆《みな》が揃《そろ》ってどうしたの？　聖洞に行かなかったの？」

「聖洞にて魔術ゴーレムに襲《おそ》われました。何者かが我々《われわれ》を狙《ねら》ったようです」

ジェフリーは説明しつつ、エリネをちらりと見る。

「ですが、魔術による人工生物との戦い方を練習していたのでこちらは怪我人なく終えられました。聖洞の外れにあった転移魔法陣《まほうじん》から魔力を辿《たど》り、ここに到着《とうちゃく》したまでです」

怪我人はなし。そう聞いて、エリネはほっと胸をなで下ろす。

事前に稽古《けいこ》したため、皆は慌てずに戦えたのだろう。転移魔法陣から魔力を辿ったのもよい判断である。エリネの時と同じ行動を、ジェフリーが取ってくれた。

「しかし、フライン殿《どの》がどうしてここに？」

「天魔座が怪《あや》しい動きをしていると聞いたから乗りこんだだけだよ」

「なるほど。それで、エリネ嬢《じょう》がいるのはなぜです」

「私は……その、道に迷ったので、フラインのお供で来ただけよ」

誤魔化《ごまか》すように笑《え》みを浮《う》かべて、エリネも語る。

とはいえ、袖はやぶれ、剣《けん》の柄にあった錆《さび》が手についている。お散歩していた令嬢という姿ではないだろう。

「……なるほど」

ジェフリーは疑うようにエリネを見つめていたが、やがて視線を剥《は》がした。これ以上の追及《ついきゅう》をする気はないらしい。

「じゃあジェフリー。後は頼《たの》むよ。天魔座の者は君たちが捕《と》らえたと話せばいい」

「それはなりません。フライン殿の功績です」

「いらないよ。僕はそういうものに興味がないんだ。面倒《めんどう》だから、君にあげる」

そう言って、フラインはエリネの手を引いて歩き出す。拠点に残ったジェフリーらを振《ふ》り返ることはなかった。

拠点を出て、屋敷《やしき》に向かう。どうやらフラインはエリネを送り届けるつもりのようだ。

改めて、エリネはフラインの背を見つめる。

（実はフラインが裏で行動していたなんて……知らなかったな）

この事実は、エリネが過去に戻《もど》らなければ気づかぬままだった。

聖洞にいたエリネが拠点に着いた時、今回と同じように魔術士らが倒れ、その場にはフラインがいた。そしてフラインの勧《すす》めで、エリネらが制圧したことにした。

（フラインが天魔座の拠点に来ていたのは、陰《かげ》で私たちを助けるため……今の立場にならなければ知らなかった）

フラインは陰から支えてくれていた。騎士団長のままであったなら知らなかったことを、伯爵令嬢《はくしやくれいじよう》という今の立場でようやく知ったのだ。

（意地悪なところはあるし、人を追いかけてくる変態気質なところもあるけど。根は優し

いんだよな）

だからこそ、フラインと共にいると安心する。安心して背中を預けられるのは彼だけだ。

（特別なんだ。フラインは）

仲間として特別な存在。いや、仲間としてだけだろうか。

「あ──」

自問自答を繰《く》り返しながら歩いていたため、足元への注意は疎《おろそ》かだった。道まで伸びていた木の根に引っかかり、エリネは転びそうになる。

しかし転ぶことはなかった。フラインによってエリネの体が支えられる。

「今日はよく転ぶね。考えごと？」

魔術士だから鍛《きた》えているはずはないのに、片腕《かたうで》でエリネを支えてしまう。その力強さや温度が、今日はやけに気になってしまった。

（フラインが女性に手を貸す時は、こんな風にするのか）

なぜかそんな考えが浮かんだ。騎士《きし》団長の時ならば気にしなかったものを、今は伯爵令嬢であるから意識してしまう。そして自分以外の人にもこのようにするのだろうかと、もやもやとした気持ちが生じた。

（わ、私は何を考えている⁉）

冷静になった途端《とたん》、自らの疑問が恥《は》ずかしくなり、エリネの顔がかあっと赤くなった。

目を合わせていられず、顔を背《そむ》けた。

　そんなエリネに気づいたのか、フラインがこちらの顔を覗《のぞ》きこもうとする。

「おやおや。調子が悪そうだね？　体調が悪いなら僕が抱《だ》き上げていこうか？」

「だ、抱き——⁉　い、いい！　それはいいから！　今は大丈夫《だいじょうぶ》！」

「そんなに拒否《きょひ》しなくてもいいだろう。僕だって男だからね、エリネ程度なら抱き上げられるよ。何なら横抱きにして君を見つめながら帰ってあげようか？」

「勘弁《かんべん》して！」

　そんなの、耐《た》えられるわけがない。

　エリネは赤くなった顔を見られぬように先を歩く。

　振り返る余裕《よゆう》はなかったのだ。だから、後ろを歩くフラインの穏《おだ》やかな微笑《ほほえ》みを、エリネは知らない。

間章　騎士団長がパワーで解決した日

天魔座は憐《あわ》れな存在だと、フラインは考えている。魔術士として魔派に属するからこそ、天魔座が隠《かく》れ蓑《みの》として使われているとわかる。王座を狙わんとする者が彼らを操《あやつ》っているのだ。そのうち切り捨てられる未来が見えている。

(魔術ゴーレム。なかなか面白《おもしろ》そうなものを作ってはいるけどね)

ミリタニア王も知らぬ新たな魔術が研究されている。その情報を得てから、フラインも魔術生成の人工生物について研究してきた。

(戦い方や弱点についてはエリネに教えた。他《ほか》の騎士はどうでもいいけれど、彼女はちゃんと戦えるだろうか)

気になるのは、エリネの面倒見《めんどうみ》が良すぎることだ。エリネについては心配していない。弱点や戦い方を知っているから、あっさりと倒《たお》すはずだ。しかし、仲間の騎士たちが戦えず、それを庇《かば》うのではないかと案じている。

そうしてエリネを思い出し、フラインは手で口を塞《ふさ》いだ。そうしなければ笑い声が漏《も》れてしまいそうになる。

（エリネは規格外すぎる。脳まで筋肉でできているんじゃないか）

彼女の活躍《かつやく》はめざましい。駐屯地《ちゆうとんち》でだらけている騎士らを叱咤《しつた》し、皆を巻きこんで過酷《かこく》な稽古を続けている。可愛《かわい》いのは見た目だけで剣を振るえば容赦《ようしや》しない。

（林檎《りんご》の皮を剝《む》こうとして握《にぎ》りつぶすなんて、エリネぐらいだ）

炊飯《すいはん》係になれば野菜や果物をうっかり握りつぶす。力加減を誤ったと本人は語るが、悲《ひ》惨《さん》な状況を見た騎士はエリネに炊飯係をさせなくなった。練習用の木刀も少し力を込めただけで折れ、稽古用の人形はエリネによって何体も破壊《はかい》されている。もはや破壊神だ。

思い出し笑いは止まらない。仕方ないのでフラインは深呼吸をして自分を落ち着かせる。

そして眼前の者たちの動きを確かめる。

（なるほど。転移魔法陣が三つ。ここで魔術ゴーレムを生成して聖洞《せいどう》内に送りこんでいるのか。魔術ゴーレムならば入れる。こうして有力な若手騎士を潰す作戦かな）

紫色《むらさきいろ》の光が集まる。魔力を使って、土からゴーレムを生成しているのだ。それは魔法陣に吸いこまれて消えた。

（送りこまれた分はエリネを信じよう。僕は生成を止めないとね）

延々と送られてしまえば、戦い方がわかる者でも苦労するだろう。となれば、ゴーレムの生成をする魔術士を叩《たた》かないといけない。

フラインは杖《つえ》を向ける。彼らがエリネを苦しめていると思えば、その怒《いか》りが力になった。

魔《ま》法陣《ほうじん》から魔力を辿《たど》ったエリネがやってきたのは数時間後だった。彼女のことだから報告より先に天魔座の拠点《きょてん》を押さえると思ったが、推測は当たってしまった。

「フライン。どうしてここにいる?」

「天魔座が怪《あや》しい動きをしていると聞いたから乗りこんだだけだよ」

フラインは事もなげに返す。これだけの数の魔術士を捕縛《ほばく》しているのだ、エリネは驚《おどろ》いた様子で部屋を見回している。

「怪しい動きがあったからってだけで乗りこんで、この数を倒したの?」

「僕についてはいいよ。それより聖洞はどうだった?」

「魔術なんとかゴーレムとやらが無数に襲《おそ》ってきた」

この頃《ころ》からエリネの喋《しゃべ》り方は変わった。騎士として威厳《いげん》を持った語り口を意識しているようだ。

(中身はぽやぽやしてそうだけどね。剣に身を捧《ささ》げようとして、無理に繕《つくろ》っているんだろう。そこまでしなくてもいいと思うけど)

そう思えてしまうのは、フラインが彼女の涙《なみだ》を見たからかもしれない。けれどエリネには明かしていない。あの日のことは、フラインの胸に秘《ひ》め続けている。

「あのままゴーレムが生成されていたら、厳しかったかもしれない」

「君なら大丈夫だよ。林檎を握りつぶす人だもの」

「あれはうっかりつぶしただけ──そういえば。聖洞で変なものを見た」

エリネの言葉が気になり、フラインは首を傾《かし》げる。

「ぼんやりと紫色に光る、宝石のようなものを見た。聖洞の奥に変な石扉《いしとびら》があって、その中にあった。扉は仕《し》掛《か》けがあるのか鍵《かぎ》がかかっていたけど」

「へえ。じゃあ、君が鍵を開けたの？」

「違《ちが》う」

エリネは即座《そくざ》に答えた。不思議な話である。鍵を開けず、どうやって中に入ったというのか。眉根《まゆね》を寄せて訝《いぶか》しむフラインに、エリネは淡々《たんたん》と答えた。

「剣《けん》で叩いて開けた」

「は？　じゃあ、扉を壊《こわ》したの？　君が？」

うんうんと頷《うなず》くエリネの様子が面白《おもしろ》く、フラインは声をあげて笑った。

「あははは！　なんだ、やっぱり脳筋じゃないか」

扉が開かないから壊すなど、この世界で探してもエリネだけだろう。それをきょとんとした顔で語るのが面白い。笑いすぎて苦しく、涙が出そうになっていた。

「そんなに笑わなくても！　うっかり壊しただけだ」

「ごめんごめん。君はうっかりさんだったね。それで、君が見た石は霄聖石《しょうせいせき》だと思うよ」

「霄聖石？　初めて聞く」

「そりゃそうだよ。それは幻《まぼろし》の石だからね」

霄聖石とは、全《すべ》ての魔術士が憧《あこが》れる、強力な魔力を秘めた石だ。

「理《ことわり》をねじ曲げるほどの魔力がある。その石を使えば、危険な魔術の代償《だいしょう》を打ち払《はら》うことも、人の心を変えることもできる」

「心……？　どういう風に変えるんだ？」

「例えば、霄聖石の欠片《かけら》があれば強力な惚《ほ》れ薬が作れるかもって話」

惚れ薬の生成は、様々な魔術士が研究していた人気のテーマだが、どれも効果が弱い。寿命《じゅみょう》や時間、心といったものを変えるには大量の魔力を要するためだ。しかし、膨大《ぼうだい》な魔力を秘める霄聖石を用いれば強力な惚れ薬が作れるだろう。

それを聞くなり、エリネの表情が変わった。ささっと背を向け、歩き出そうとする。

「破壊してくる」

「待って待って」

慌《あわ》てて肩《かた》を摑《つか》み、エリネを引き止める。彼女ならば本気で壊してしまいそうだ。

「人の想《おも》いを操作するなんて危険だ。悪用される前にあの石を壊す」

「正論だけど、その必要はないよ。悪用されないためにあの場所にあるんだから」

魔力を持つ者は聖洞に入れない。立ち入れるのは魔力を持たぬ騎士《きし》であり、そのほとんどがエリネと同じく霄聖石の秘めたる力を知らない。だからこそ、害する者のいない聖洞の奥で霄聖石はその身の魔力を育てているのだ。

「あの石を見つけたのがエリネでよかったよ」

「どうして」

「今の君じゃ、あの石を使えない」

そう告げるとエリネは、訳がわからないといった顔をしていた。霄聖石を使う方法は簡単なのだが、エリネでは使えないだろう。

貴重なものであるが故《ゆえ》に、見つけたのが彼女でよかったと改めて思う。

「とにかく、霄聖石は放《ほう》っておこう。仕掛け扉を破壊してまで奥に入ろうとする騎士なんて君ぐらいだ。ほとんどがその存在も知らないのだから、悪用されないさ」

「でも扉は壊れたままだ。他の者が霄聖石を見つけてしまうかもしれない」

「大丈夫《だいじょうぶ》さ。次の騎士巡礼《きしじゅんれい》は一年後。聖洞に立ち入るには王の許可がいる。一年もあれば、扉は元に戻《もど》るさ」

あの聖洞は、不思議な魔力に満ちている。魔力を持たぬ騎士が立ち入って、聖洞内を壊したとしても、内部に満ちる魔力がそれを修復すると聞いたことがあった。

(きっと、聖洞は霄聖石を育てているのだろう。こんなにも興味深いのに、魔力を持つ者が入れないなんて、ちょっと悔《くや》しくなるね)

魔力を持つ者は聖洞に入れない。聖洞に拒否《きょひ》されるのだ。フラインは苦く笑う。今ばかりは魔力を持つ我が身が憎《にく》い。そのような場所であるから、エリネが扉を壊しても、聖洞はそれを修復するだろう。たとえ粉々になっても、一年もあればじゅうぶんなはずだ。

この説得でようやくエリネは頷いた。霄聖石を破壊する気は削《そ》がれたらしく、安堵《あんど》する。

「じゃあエリネ、後は頼《たの》むよ。天魔座の者は君たちが捕《と》らえたことにするといい」

「どうして。倒《たお》したのはフラインだ」

「調査は終わったからね、後は面倒《めんどう》だからあげるよ。君の功績にすればいいさ」

不服そうなエリネを残し、フラインは歩き出す。

聖洞の件と天魔座の件。これらの報告をすればエリネの評判はさらに広まるだろう。フラインが手を貸さなくとも彼女は名をあげたに違いない。そう信じていても、どうしても関《かか》わりたくなってしまう。放っておけない。

(皆《みな》の前では冷静な騎士として努めているけれど、本当は違う。心には深い傷があって、それを隠《かく》し続けている)

彼女が気丈《きじょう》に振《ふ》る舞《ま》うたび、その奥に隠された傷を思う。一人で抱《かか》え込み、涙を流さず、剣だけを頼《たよ》りに生きているのだ。

(泣いてもいいよって、言ってあげられたらいいのに)

言いたくて、でも言えない。その傷はエリネにとって弱点のようなものだ。触《ふ》れてしまえば拒絶《きょぜつ》されるかもしれない。今はエリネに拒絶されるのが何よりも怖《こわ》かった。

『エリネなら腐敗《ふはい》した騎士団を変えられる。騎士団長ではなく、皆を率いるのは君だよ』

それは騎士巡礼に向かう前、フラインがエリネに告げた言葉だ。

二人は魔術士と騎士という関係だから成り立っている。ならば、悲しみを埋《う》めるため冷《れい》徹《てつ》な騎士でいようとするエリネと共にいようと思ったのだ。彼女が剣に身を捧げる限り、自分も魔術に身を捧げていよう。

『僕は魔術士として、誰《だれ》よりも君の近くで、君を支える』

本当はもっと伝えたい言葉があった気がする。魔術士と騎士という形でなく二人が出会っていたのなら、その言葉を紡《つむ》げただろうか。

エリネに会えると嬉《うれ》しくなる。声をかけたくなる。離《はな》れれば寂《さび》しくて、また会いたくなる。感情はいつも彼女に振り回されている。

（いつか、この気持ちが無視できなくなる日が来るのかもしれない）

魔術のように答えがあり、結果がわかるのなら楽だった。答えが出ない。どれほど計算しても予想外の事象に妨《さまた》げられる。それでも諦《あきら》められず、その気持ちは胸にあり続ける。

（エリネが、好きだ）

それほどに彼女は眩《まぶ》しくて、惹《ひ》かれていく。

第三章 ◆ 伯爵令嬢は怒りの襲撃をする

騎士巡礼の一件は、瞬《またた》く間に国内に広まった。聖洞《せいどう》にて若手の有望な騎士らが襲《おそ》われ、その首謀者《しゅぼうしゃ》が天魔座にいる。天魔座を受け入れていた街の者たちは一転して天魔座排除《はいじょ》の方針へと傾《かたむ》いた。街の片隅《かたすみ》にあった集会所も人の気配がなくなっている。

そんな中、エリネの姿はマクレディア家——ではなく、ミリタニア王宮にあった。

「エリネ嬢《じょう》。そなたの話は聞いておる」

出発直前までライカが悩《なや》みに悩んだコーディネートに身を包み、エリネはミリタニア王宮の中央にある王座の間にいた。エリネはミリタニア王を見上げる。

齢《よわい》四十のミリタニア王は、即位《そくい》して三年目。だが、王位継承《けいしょう》の争いにて国内は剣《けん》派と魔《ま》派に分かれ、その溝《みぞ》を今も埋められずにいる。王は剣派の支援《しえん》を受けているが、本人は魔術を嫌《きら》っているわけではない。それは、幼少期より魔力が高かったフラインを見出《みいだ》し、好《こう》待遇《たいぐう》を与《あた》えていたことから伝わってくる。

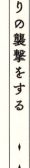

（ミリタニア王ともよく話をさせていただいたな。ご健勝で何よりだ）

眼前にいるミリタニア王は、記憶《きおく》の中の姿よりも若い。こうして会えるとは思わず、会

う と温かな気持ちになる。

「ところで、どうして私をお招きくださったのでしょう」

エリネがここにいるのはミリタニア王より書状をもらったためだ。だが呼び出された理由については書いていなかった。

「ゼボル侯爵《こうしゃく》との件について、そなたには迷惑《めいわく》をかけた。まさかあのような企《たくら》み事があるとは気づかず、エリネ嬢を傷つけただろう。それを直接詫《わ》びたかった」

「どれも未然に防ぎましたので、気にしていません」

「そして、騎士団からもよく名前を聞いていてな。良いタイミングで現れ、騎士団に手を貸してくれるそうだな。フラインとも親しいと聞く。皆がそうして知っているのだから、私もそなたに会ってみたかった」

ミリタニア王は楽しげに目を細めている。だがそれは表向きである。穏《おだ》やかそうに見えるが、その眼光に潜《ひそ》む鋭《するど》さをエリネはよく知っていた。

功績をあげていたとはいえ、唯一《ゆいいつ》の女騎士であり、年数もまだ若いエリネを騎士団長に任命したのはミリタニア王だ。この国を本気で変えようとして、エリネを推《お》したのだ。

弟であるフェフニールと王位を争っただけはある。彼の慧眼《けいがん》は計り知れぬもの。

「しかしわからぬな。皆して、エリネ嬢を騎士にと推しているのだが、私から見ればただの若き令嬢にしか見えぬ」

「お、仰《おっしゃ》る通りです……私に騎士《きし》なんてとてもとても」

「騎士らの稽古《けいこ》も見に行っていると聞く。そんな風にはとても見えぬのだがな」

「剣術《けんじゅつ》は……その……素人《しろうと》ですが、素人なりに助言をさせていただくだけで……」

いったいジェフリーらは王に何を吹《ふ》き込んだのか。エリネはしどろもどろになりつつも、騎士になる未来を回避《かいひ》しようとしていた。

「時にエリネ嬢よ。そなたに聞いてみたいことがある」

王は真剣《しんけん》な表情になり、問う。

「そなたは騎士とも魔術士とも親しくしている。だからこそ、この国の現状をどう思うのか、そなたの考えを聞きたい」

エリネは息を呑《の》んだ。王の問いかけは、騎士団長であった頃《ころ》に何度も経験している。状《じょう》況《きょう》を見極《みきわ》める力があるかどうか、その解釈《かいしゃく》が己《おのれ》と似ているかを試《ため》しているのだ。

「僭越《せんえつ》ながら、良くないと思っています」

真っ直《す》ぐに見つめて、告げる。

「剣と魔は双極《そうきょく》の存在。けして交わらぬもの。だからこそ協力しなければならない」

「ほう?」

「剣で為《な》し得ぬ事柄《ことがら》を魔術で補い、魔術で為し得ぬ事柄を剣が振り払《はら》う。手を取り合えば、強大な力を発揮する。この王座の間が騎士塔《きしとう》と魔術士塔の間に挟《はさ》まれているように、騎士と魔術士は協力しあって国を守らなければならない」

騎士団長であった頃にも同じ問いかけをされている。その時も今回も、エリネは嘘偽《うそいつわ》りなく、正直に思うままを伝えた。

「なるほど」

その時と同じように、ミリタニア王は笑《え》みを浮《う》かべた。

「よく見ている。確かに、ただの令嬢ではないのかもしれぬな」

「……ありがとうございます」

「騎士と魔術士が協力するべきという考えは同意見だ。今の騎士や魔術士にその考えを持つ者は少ないが、王宮より離れた令嬢が私と同じ考えをしているとは驚《おどろ》きだな」

ミリタニア王の前で偽っても、彼の瞳《ひとみ》には全《すべ》てが映っている。騎士団長の頃からそう感じていた。

（フラインと同じく、私もたくさん可愛《かわい》がってもらった。いつも王のそばに控《ひか》えていたから『堅氷《けんぴょう》の番犬』なんて呼ばれていたね）

王は威儀《いぎ》を正しているが、人がいなくなると深くため息をつく。時には騎士塔に来て稽古を眺《なが》め『たまには剣を握《にぎ》りたい』とぼやくこともあった。そういった一面は彼が心を許した側近だけが知るものだろう。その一人であったことが誇《ほこ》らしく思える。

そんなミリタニア王は髭《ひげ》を撫《な》でながらぼやいた。

「しかし惜《お》しいな。令嬢にしておくには勿体《もったい》ない観察眼だ。これで剣術の出来る娘《むすめ》であれば、迷わず騎士団に誘《さそ》うのだが」

おそらくは気に入られたのだろう。かつて忠誠を誓《ちか》った王に再び認められる。その喜びにエリネの顔が綻《ほころ》んだ。

謁見《えっけん》を終え、エリネは久しぶりの王宮を歩く。あの時と違《ちが》うのは今のエリネがドレスを着ていることだ。

(私が王宮に来ているのはフラインの耳にも入っているだろうし……久しぶりにフラインの研究室を見たい気もする)

彼の研究室があるのは魔術士塔だ。騎士塔の様子も気になるが、今行ったところで寂《さび》れているだろう。現在の騎士団長は職務放棄《ほうき》がミリタニア王の耳に入り、王宮から離《はな》れている。そのうち駐屯地《ちゅうとんち》にいるジェフリーらが呼ばれ、騎士塔駐在になるはずだ。

(職務放棄が耳に入ったということは、ジェフリーが動きだしたんだろう)

かつてはエリネが行ったことを、今度はジェフリーが行動に移していく。聖洞での一件から、エリネは安心して彼らを見守るようになった。

エリネは魔術士塔に向かう。たまにはフラインを追いかけ、彼を驚かせるのも良い。どんな言葉をかけて驚かせようかと考えているうちに、長い廊下《ろうか》に着いた。フラインの研究室も見えてきたが、目に留まったのは前方より歩いてくるフェフニールだった。

フェフニールが王宮に出入りするのは珍《めずら》しくない。ミリタニア王は即位後もフェフニールを追い出さず傍《そば》においていた。反感を抱《いだ》く魔派を抑《おさ》える狙《ねら》いだ。その意図を知ってか知らずか、フェフニールは我が物顔で王宮を歩く。騎士らには嫌《きら》われているため、ほとんどを魔術士塔で過ごしていた。

彼が出てきたのは王家書庫だ。貴重な書が置かれ、王族や王が許可を与えた者以外は立ち入れない。ミリタニアに関する歴史や魔術の継承に関する書があると噂《うわさ》に聞いたが、エリネはあまり興味を持っていなかった。

フェフニールがやってきたので、エリネは廊下の中央を空けるべく端《はし》によって礼をする。しかしフェフニールはエリネの前で足を止めた。

「エリネ・マクレディアといったか。名は聞いていたが、ただの小娘ではないか。王がわざわざ招いた理由がわからん」

フェフニールはふてぶてしい態度を取っていた。

(この時はまだ、フェフニールと会っていないはずだけど……最初から嫌われているのね。私が剣派のマクレディア家の人間だから？　やけに敵視されている気がする)

エリネの名が噂になるタイミングは、ゼボル家との婚約破棄《はき》の時ぐらいだ。あとは騎士団に関することで、魔《ま》派のフェフニールには興味のない話だろう。

(確か、フラインとも仲が悪かったはず。フラインはミリタニア王に可愛がられているから、フェフニールはフラインを快く思っていない)

そのためフラインの口からエリネの名を聞いていたとは考えにくかった。

エリネが黙《もく》し、考えこんでいるうちにフェフニールは「ふん」と忌《い》ま忌ましげに吐《は》き捨《す》てる。

「こそこそと動き回るのはやめた方がよいぞ。余計なことはしない方が身のためだ」

「余計なことと申しますと？」

「これだから馬鹿《ばか》な女は嫌いだ。もうすぐ後悔《こうかい》するというのに」

彼は何について語っているのか。そこで思いついたのが、天魔座の件だった。一度、彼が天魔座の集会所に入っていくのを見ている。

(フラインが天魔座の拠点《きょてん》を襲撃《しゅうげき》した日、私もそこにいた。それをフェフニールは知っている？　やはり、天魔座と関係があるのかも)

こそこそと動き回るとは天魔座に関連することではないか。その結論に至ると同時にエリネはフェフニールを睨《にら》んだ。

「私は後悔なんてしない」

「どうだかな。お前が泣きながら許しを乞《こ》う日が楽しみだ」

「あなたは一体何を——」

企《たくら》んでいるのか。そう言いかけた口は塞《ふさ》がれた。二人のやりとりに気づいたフラインが駆《か》け付け、エリネの口を塞いだのである。

「おや、フェフニール公。彼女とお話ですか？」

片手でエリネの口を塞ぎ、もう片手で暴れるエリネを押さえ、それでもフラインは何事もなかったかのように笑顔でフェフニールに話しかけていた。

フラインの登場が面白《おもしろ》くなかったのか、フェフニールは舌打ちをして距離《きょり》を開ける。

「……少し雑談をな」

「そうでしたか。ではそろそろ彼女を連れていっても？」

「構わん。話は終わった」

エリネとしてはフェフニールの言葉が引っかかる。何ならこのまま問い詰《つ》めて聞き出したいぐらいだ。しかしフラインに押さえられているためうまく行かない。

フェフニールが歩いていく。その背が遠ざかるのを確かめてから、フラインはエリネを連れたまま部屋に入る。ちょうどそこは、彼の研究室だった。

「フライン！　何をするの!?」

研究室の扉《とびら》が閉まってから、エリネは解放された。フラインに文句をつけるも、彼は頭を抱《かか》えて深くため息をついている。

「ここは王宮だよ。問題を起こしてほしくないから」

「でもフェフニールは気になることを言っていた。あいつは何かする気だ」

「いいから落ち着いて。ほら、そこに座って」

促《うなが》されたのは、研究室の隅《すみ》にある長椅子《ながいす》だった。休息用として使っていて、かつてはここで昼寝《ひるね》しているフラインを見ている。

その長椅子に腰《こし》を下ろし、一息つく。エリネの頭が冷えてきたと気づいたのか、フラインがこちらに寄ってきた。

「君が謁見に来ると聞いていたからね。迎《むか》えにいこうと思っていたんだけど、少し手間取ってしまった。まさか絡《から》まれているとはね」

「ごめん。でも助かった」

「頭も冷えてきたようで何よりだよ」

そう言って、フラインは躊躇《ためら》うことなくエリネの隣《となり》に腰掛《こしか》けた。

「ちょ……ちょっと、他《ほか》にも椅子あるでしょ?」

「別にいいじゃないか。僕はこの長椅子がお気に入りなんだ」

鼻歌まじりで楽しげなフラインと異なり、エリネは内心で慌《あわ》てていた。空いている椅子は他にもある。なぜ、隣を選ぶ。

距離が近すぎる。この部屋に二人きりで、この距離感はどうしたって意識してしまう。

(相手はフラインなのに緊張《きんちょう》する)

そわそわと落ち着かない。隣にいるからか、いつものフラインの香《かお》りがする。魔力《まりょく》が高い者特有の、涼《すず》しげで爽《さわ》やかな香りだ。

（……横顔も悔《くや》しいけど整っているんだよな）

フラインの様子を覗《のぞ》き見て、思う。彼の性格のおかげで忘れそうになるが、やはり格好いいのだ。令嬢《れいじょう》たちが騒《さわ》ぐ理由もわかる。エリネも今、見蕩《みと》れてしまいそうになった。

（心臓が騒がしい）

敵を相手にしているわけでも稽古《けいこ》の後でもないのに、心拍数《しんぱくすう》は増え、体温も上昇《じょうしょう》している。特に頬《ほお》が熱い。

「私、違う椅子に座る」

耐《た》えきれなくなったエリネは立ち上がる。フラインのそばにいると、頭がのぼせてしまいそうだ。フラインが怪《あや》しげな魔術を使っているのではないかと疑いたくなるほど、この感覚は初めてだった。

そうして別の椅子に向かおうとするエリネだったが、すぐに手を引っ張られた。

「え――」

不意を突《つ》かれ、間抜《まぬ》けな声が溢《こぼ》れる。それと同時に体はぐるりと反転し、長椅子に引き戻《もど》される。気づけば、長椅子に寝転がり、エリネの視界には天井《てんじょう》があった。

「どうして慌ててるの？」

視界で、銀髪《ぎんぱつ》が揺《ゆ》れていた。呆然《ぼうぜん》としているエリネを見下ろすのはフラインだ。

「いつもより反応が鈍《にぶ》いんじゃない？　普段《ふだん》なら、今のをかわせたと思うけど」

「考えごとをしていただけ！」

「でも顔が赤いよ。熱がありそう」

隣にフラインが座ったせいだ。正直に告げても、フラインにからかわれるだけだろう。

エリネはむっとして口を引き結ぶ。

よく考えれば、隣に座っていた時よりも、今のほうが距離は近い。間近な距離にフラインがいて、なぜかエリネの髪《かみ》を撫《な》でている。彼はエリネの金髪をくるくると指にまきつけて遊び、けれど視線はずっとエリネに向いていた。観察しているのだ。

「もしかして、僕のこと意識しちゃった？」

言い当てられ、さらに体温があがったような心地《ここち》になる。眼前のフラインは、些細《ささい》な変化も見逃《みのが》さぬとばかりにこちらを見つめ、意地悪な笑《え》みを浮《う》かべていた。

「これだけ近くにいたら意識するのも当然だよ」

「まあ、そうだよね。だって君、僕に押し倒《たお》されているんだもの」

確かにその通りである。フラインによって、エリネは長椅子に押し倒されている。その上にフラインが覆《おお》い被《かぶ》さるような形で、逃《に》げるどころか身動きも取れない。

稽古で、他の騎士《きし》が近くに迫《せま》ったことはある。しかし相手がフラインとなると気まずい。

「また顔が赤くなった」

「ち、違《ちが》う！　見るな！」

「どこまで赤くなるのか試《ため》してみようか」

「やめろ！」

くすくすと笑いながら、フラインの細い指がエリネの額を撫でる。その指先はゆっくりと伝い下りていく。頬そして顎《あご》と来たところで、エリネは耐えきれず目を瞑《つむ》った。

（心臓が、もたない！）

エリネの羞恥心《しゅうちしん》がついに爆発《ばくはつ》しそうになり――しかし、妙《みょう》な空気を打ち切るように扉《とびら》を叩《たた》く音が聞こえた。

「フライン殿《どの》。少々よろしいでしょうか。先日の防衛魔術の件について教えていただきたいのですが」

扉の向こうから声がする。きっと魔術士がフラインを呼びにきたのだろう。

これはさすがのフラインも無視できなかったようで、これまでになく深いため息をつきながら嫌《いや》そうに身を起こす。

「……今行くから待ってて」

髪をかき上げながら、扉の向こうにいる者に向かって冷たく言う。

エリネはようやく解放されたのだが、今も心拍数は高まり、頬が熱い。

（ほっとした……けど、なぜか寂《さび》しい気がする。これは何？）

フラインが触《ふ》れていたところがまだ熱い。残った熱は恥《は》ずかしく、そして寂しい。その感情がぐちゃぐちゃになって胸が苦しくなる。

恨《うら》めしげにフラインを睨《にら》んでいると、彼がこちらを向いた。

「少し行ってくる。君はここで待ってて」

「…………」

「そう睨まないで。からかいすぎたのは謝《あやま》るから」

「……わかった」

エリネが頷《うなず》いて安心したのか、フラインが部屋を出て行く。

一人残されると、頭が冷えていく。同時に湧《わ》き出るのは怒《いか》りだ。

（フラインがからかうから！）

散々振《ふ》り回して去っていったのだ。怒《おこ》るのも当然だ。できるなら今すぐ木刀を握《にぎ》りしめて打ち込み、ぐちゃぐちゃになった頭の中を整理したい。

気分を変えるべくエリネは立ち上がる。

騎士だった頃《ころ》、よくフラインの研究室に来た。意外にも整理整頓《せいとん》されているのだが、机には色々なものが置かれている。いくつもの魔石《ませき》、ケースの中には経過観察中の植物など。山のようにいくつかの書が積み重なり、開いたままのものもあった。

（私が来るまで、ここで仕事をしていたのか）

フラインは新たな魔術についての研究をよくしていた。魔術ゴーレムについても、彼がいち早くその情報を手に入れ、彼なりに研究して弱点を探《さぐ》り出している。魔力の高さだけでなく、魔術に関する知識も相当なもの。だから彼は筆頭魔術士となるのだ。

（開いたままの書……ここで読んでいた？）

読みかけなのだろう、開いたままの書に近づく。

だが、そこに書かれていたのは、意外な文字だった。

（禁術……使用を禁じられた魔術？）

この書だけは黒い革《かわ》表紙で汚《よご》れはなく、異質な空気を纏《まと》っていた。綴《つづ》られている文字から目が離《はな》せない。

（人の理《ことわり》を曲げる。人を死に至らしめる黒霧《こくむ》の禁術……）

覚えがあった。エリネが婚約破棄《こんやくはき》を突《つ》きつけた、ゼボル侯爵《こうしやく》とディアナ・ノース伯爵令《はくしやくれい》嬢《じよう》の件だ。二人を襲《おそ》ったのは黒霧の禁術だとフラインが告げていた。その魔術は恐《おそ》ろしい力を持つため容易に解除できず、二人は今も眠《ねむ》り続けている。

もしかすると彼らを救おうとしているのかもしれない。そう思ったが、黒霧の禁術に関する文言で、エリネは動きを止めた。

（喉《のど》に巻き付く……呼吸ができないほどの苦しさ……まさか）

思い至ったのは、騎士団長であった時のエリネを襲った苦しみだ。あの時も喉が苦しく呼吸ができなかった。当時のエリネに持病はなく、執務室《しつむ》にジェフリー以外の気配はなかった。

(私は黒霧の禁術に襲われた？　でも誰《だれ》が)

あの頃のエリネは禁術というものを、存在も噂《うわさ》も知らなかった。魔術士《まじゅつ》が語る様子もなく、王がその名を口にしたこともない。となれば極《きわ》めて一部の者しか知らない、秘《ひ》された魔術かもしれない。

(どうしてフラインが知っているの？　ゼボル侯爵の時だってすぐに黒霧の禁術だと見抜《みぬ》いた。まさかフラインが……)

生じた疑念は少しずつ膨《ふく》らんでいく。フラインは禁術の存在を知っている。エリネが婚約破棄をした時から。

信頼《しんらい》していたからこそ不安になる。足元が崩《くず》れていくような心地だ。

(人の理を曲げるなんて、そんなのだめだ。他《ほか》にも禁術があるのだろうか)

恐ろしくなりページをめくる。しばらくは黒霧の禁術について書かれているようだった。だが、黒いページを挟《はさ》んだ先から他の禁術について書かれているようである。

「エリネ嬢！　いるかー？」

突如《とつじょ》として扉が開いたため、エリネは持っていた書を落としてしまった。

振り返るとそこにいるのは騎士団の者である。大勢でここにやってきたらしく、最後尾《さいこうび》にいるジェフリーだけは困ったように頭を抱《かか》えていた。ここに乗りこもうとする皆《みな》を止められなかった、と言い訳をするような素振《そぶ》りである。

「お。いるじゃねえか！　やっぱ魔術士塔《とう》に連れて行かれたってのは本当だったんだな」

「連れて行かれた？　何の話？　というかみんなどうしてここに……」

なぜ騎士らがフラインの研究室に来たのかわからない。困惑《こんわく》するエリネに大酒呑《おおざけの》みのダンと赤髪《あかがみ》のクレバーが笑顔で語る。

「エリネ嬢が来てるって聞いたから、こっちに来たんだよ」

「迎《むか》えにいこうと思ったら、魔術士塔に入ったって聞いたんで、どっかの変な魔術士に連れて行かれたんだろうと捜《さが》したっすよ」

「連れてこられたんじゃないよ。フラインに用があって――」

言いかけたエリネを騎士らがぐいぐいと引っ張る。

「ほらほら行きますよ。エリネ嬢は魔術士塔ってより、やっぱり騎士塔だろ」

「来ると思って色々用意してたんすよ！」

こちらの言葉を聞かず、騎士らはエリネを連れていく。

書の続きは気になるところだったが、こうも騒《さわ》がれると残るとは言い難《にく》い。

（フラインについては、後で考えよう）

諦《あきら》めて、エリネは廊下《ろうか》に出る。するとジェフリーと目が合った。彼はエリネの姿を見るなり、残念そうな顔をして問う。

「……今日はお一人ですか？」

少し口ごもったその問いに、エリネは察する。

もしかすると、この男はエリネが他の者と来ていると期待していたのではないか。残念そうにしている様子からライカを想像していたのだろう。

エリネは不気味なほどにっこりと微笑《ほほえ》み、頷いた。

「一人だよ」

笑《え》みの裏にある邪悪《じゃあく》なオーラに気づいたのか、ジェフリーは焦《あせ》ったように顔を背《そむ》けた。

しかし、妹を溺愛《できあい》するエリネがジェフリーを許すわけはない。この後、騎士塔《きしとう》の宿舎から、ジェフリーの悲鳴が響《ひび》き渡《わた》った。

ゼボル侯爵家との縁談《えんだん》。騎士巡礼《きしじゅんれい》での聖洞襲撃《せいどうしゅうげき》と天魔座拠点《きょてん》制圧。その後、ミリタニア王国内で起こるのは天魔座追討作戦である。

騎士より報告を受けたミリタニア王は、天魔座の調査を開始。彼らが街の人々を攫《さら》っていたと発覚し、国は天魔座を逆賊《ぎゃくぞく》と認定、追討を命じる。だが、王の勅命《ちょくめい》を受けても一部の騎士や魔術士は動かず、そのうちに天魔座の者らは街から逃《に》げ出していた。

天魔座は国のあちこちに潜《ひそ》み、事あるごとに街や人々を襲うようになる。特に街の被害《ひがい》は甚大《じんだい》で、巻きこまれた多くの民《たみ》が命を落とす結果になる。

ここで立ち上がったのがエリネとフラインだ。姿を消した騎士団長の代わりにエリネが騎士団の指揮を執《と》り、フラインも魔術士らを説き伏《ふ》せて動き出す。先導する二人が手を取り合ったことで、今後のミリタニアは騎士と魔術士が連携《れんけい》を取るようになる。長年続いた剣《けん》派と魔派の溝《みぞ》が埋《う》まっていくのだ。

(だから、何とかしてジェフリーとフラインで連携を取ってほしいけれど)

特にフラインは厳しいだろう。あの男は自分が気に入った者だけを構う性質がある。

(連携は難しいにしても、街の被害は何とか抑《おさ》えたい)

この後、天魔座の残党は街に青い炎《ほのお》を放つ。この炎は特殊《とくしゅ》な魔術によって生み出されたらしく、魔術を用いなければ消せないものだった。魔術士らが集められたものの、強い魔術による炎は鎮火《ちんか》に時間がかかり、結果として多くの民が犠牲《ぎせい》になる。

できるならば、民の被害を減らしたい。先に天魔座の残党を捕《と》らえればよいのだ。

そう考えながら、エリネは立ち上がる。今日はフラインが屋敷《やしき》に来る日だ。

(これからの出来事に関する忠告と、できれば禁術についても聞こう)

謁見《えっけん》のあと、フラインに会っていない。時期からして、王に天魔座の調査を命じられて忙《いそが》しくしているだろう。そのため手紙を送り、今日の約束を取り付けている。

だが約束の刻限は過ぎている。フラインはまだ来ていない。ならば外で待っていようかと自室を出て階下にいく。応接間に近づくと、甘い香《かお》りが漂《ただよ》ってきた。

「あ、お姉様！　いいところに！」

そこにいたのはライカである。手に持っている大きな籠《かご》には布がかかっていたが、甘い香りがすることからお菓子《かし》が入っているのだろう。ライカの好きな林檎《りんご》をたっぷりと使ったアップルパイと予想する。

「お姉様の分も置いてあるから、後で食べてね」

「私の分って……それをどこかに持っていくの？」

エリネが問うと、ライカは満面の笑みで頷《うなず》いた。

「これから、騎士団の皆様《みなさま》に差し入れを持っていこうと思って。前に作ったお菓子も皆様が喜んで食べていたでしょ？　騎士の皆様は食べっぷりがいいからたくさん作ったの」

ふふ、とはにかむ姿まで可愛《かわい》いのだが、エリネは訝《いぶか》しんでいた。

ライカが来ただけで皆は鼻の下を伸《の》ばすだろう。アップルパイの奪《うば》い合いをする姿も目に浮《う》かぶ。ジェフリーが喜びを噛《か》みしめるように少しずつ食べるところまで、鮮明《せんめい》に想像できた。可愛い妹がそうやって扱《あつか》われるのはいい気がしない。

「これから行ってきますね」

「待って。それなら私も行く」

「今日はフライン様がいらっしゃるのよね？　お姉様は待っていた方がいいのでは」

ライカの言う通りである。フラインが来る刻限は過ぎているので、いつ来るかわからない。だからといってライカを一人で出すのも心配だ。

「一人で行かせられないよ。フラインには後で言えばいい」

「フライン様と約束をしているのに不在にするなんて、そんなの失礼だわ」

「ライカ一人では不安だよ。変なやつに絡《から》まれるかもしれない」

小さい頃《ころ》のライカは、よく同年代の子にからかわれていた。その時のように、誰かがライカを傷つけようとするかもしれない。だからライカを一人で外に出すのは心配だった。

「平気です！　もう子どもじゃないもの！」

「だめ。一人じゃ外に出せない。私がついていく」

ライカは折れず、エリネも折れない。二人の問答は声を荒《あら》らげたものになっていた。

「お姉様ったら、いつも過保護で、そうやって子ども扱いしてばかり！」

「仕方ないでしょ。心配するのは当然！　いいから私に送られて！」

気づくと、ライカの瞳《ひとみ》が潤《うる》んでいた。籠の持ち手をぎゅっと握《にぎ》りしめている。

「……お姉様は、変わったわ」

声のトーンが下がり、涙交《なみだ》じりにライカが言う。

「婚約破棄《こんやくはき》の前から過保護になった。私だってもう大人なのに、お姉様はいつまでも子ども扱いをする。お姉様は一人で街に行くくせに、私は一人じゃ駄目《だめ》だと怒《おこ》るもの」

ライカの語る時期は、エリネが過去に戻《もど》ってきたあたりだろう。確かに、ライカを案ずるあまり、いつもライカのそばにいるようにしてきた。

「お姉様はひどいわ。いつまでも私が何もできない子だと思ってる」

「違《ちが》う。そんなことは……」

「私だって一人でできるわ。お姉様の力がなくても外に行けるの！　いつまでもお姉様に守られている妹じゃない！」

勢いよく言い放つと、ライカは籠を持って屋敷を飛び出していった。

エリネも慌《あわ》てて追いかけようとして――やめた。まだライカの言葉が頭に残っている。

（私は、ライカを守りたかった。でもそれはライカを苦しめていた？）

大事な妹だ。二度と失いたくない。あのつらい未来を変え、今はライカも両親もそばにいる。この幸せをずっと守っていきたいと思っていた。だが、そんなエリネの行動がライカを苦しめたのかも知れない。

エリネは呆然《ぼうぜん》と立ち尽《つ》くしていた。よかれと思ってやってきていたことが、実はライカを傷つけていたのかも知れない。大事にしようとして、過保護になりすぎたのか。

（失いたくなかった。もう二度と、あんな後悔《こうかい》をしたくないと思ったから）

ライカが自ら命を絶ったと聞いた時、エリネはそれが夢であれと願った。信じられずにいたが、屋敷に帰ればライカの姿はなく、悲しみに暮れる両親の姿はそれが現実だと示していた。手をすり抜《ぬ》けて、どこかに飛び立ち、戻ってこない。何もできなかったエリネ自身は空虚感《くうきょかん》を抱《かか》え、ライカがいない日々を生きていく。

そうならないようにと心がけ、ライカを守るため、彼女のそばに居続けた。それが正しい判断だったのか、自信がなくなっていく。

（……私はどうしたら）

不安ばかりが胸を占《し》める。誰《だれ》かに話したい。どうすればよかったのか、第三者の言葉を得たい。そう思った時に浮かんだのはフラインの姿だった。

（フラインなら、どう考えるだろう）

彼が、早く来てくれたらいいのに。

その願いが通じたのか、屋敷の扉《とびら》が開いた。現れたのはフラインである。

「悪いね。遅《おそ》くなってしまった」

紫色《むらさきいろ》の魔力《まりょく》の粒《つぶ》がかすかに残っている。早駆《はやが》けの魔術を使ってここにきたのだろう。エリネはフラインに駆け寄った。

「フライン。話が――」

言いかけ、止まる。エリネの瞳はフラインの手にある物を捉《とら》え、大きく見開いたまま。

視線に気づいたフラインは「ああ、これ？」と言って掲《かか》げた。

その手が握りしめるのは籠。中に入っていただろう菓子はぐちゃりと崩《くず》れ、上に掛《か》かっていた布はなくなっている。

「ここに来る途中《とちゅう》で見つけたんだ。道ばたに落ちていてね。エリネのものかもしれないと思って持ってきたんだけど」

「……ライカ！」

頭がきんと冷えていく。冷静なのに、体は沸騰《ふっとう》したように熱く、じっとしていられない。

エリネの慌てた様子と駆け出そうとした姿から、フラインも察したのだろう。エリネを引き止めるフラインも焦《あせ》った様子だった。

「手を繋《つな》いで。早駆けの魔術を使う。行き先は？」

「ライカは騎士《きし》団の駐屯地《ちゅうとんち》までお菓子を届けると言っていた。それで籠を持って……」

「わかった。まずは駐屯地に確認《かくにん》を取ろう。ライカが来ていなければ、そういうことだ」

フラインに促《うなが》され、手を繋ぐ。まもなくして紫色の粒子《りゅうし》が二人を包みこんだ。足が軽くなったような気がする。風のような、見えない何かが背を押している。今なら速く走れる気がする、これが早駆けの魔術だ。

「行くよ」

真剣《しんけん》な面持《おもも》ちでフラインが言う。二人は共に、屋敷を飛び出した。

「ライカ嬢《じょう》ですか？　いえ、こちらには来ていませんが」

駐屯地に到着《とうちゃく》し、ちょうど外で馬の世話をしていたジェフリーに声をかける。

ライカが出て行ってからフラインが着くまでに時間はあった。既《すで》にライカが到着していなければおかしい時間である。だというのにジェフリーは、来ていないと話す。彼の様子がいつも通りであるから嘘《うそ》ではないだろう。もしもライカが来ていたなら彼はポンコツになって立ち尽くし、その頰《ほお》を赤くしていたはずだ。

「……やっぱり、何かあったんだ」

エリネはフラインに向き直って告げる。

「誰かに襲《おそ》われた。いや連れ去られたのか。籠だけ残っていたのは……」

「エリネ、落ち着いて」

「落ち着いてなんていられない！　ライカをまた失うの⁉　こうなるなら、私もついていったのに！」

騎士にならず、そばに居続けたのに、また失うのだろうか。なぜあの時追いかけなかったと自らの行動を悔《く》いてばかりだ。

このやりとりから、ただならぬものを感じ取ったらしくジェフリーの表情が強張《こわば》った。

「何があったのですか。ライカ嬢に関連していると見受けますが」

「……ライカは、騎士団に差し入れを届けようと一人で出掛《でか》けたらしいんだ。けれど道ばたにライカの籠が落ちていたのを僕が見つけてね。ここにも来ていないのならば、ライカによくないことが起きたのだろう」

フラインが冷静に説明し、それを聞くなりジェフリーの表情が変わった。目つきは鋭《するど》くなり、表情に怒《いか》りが滲《にじ》む。ぴりぴりとした空気感を放ちながら、彼は告げた。

「私も……いえ、騎士団も捜索《そうさく》に協力します」

告げるなり、ジェフリーは駆けていく。他《ほか》の騎士らにも声をかけるのだろう。その背には、彼にしては珍《めずら》しい焦燥感《しょうそうかん》が滲んでいるように見えた。

騎士の間では、エリネだけでなくライカの顔も知られている。鬼《おに》のように厳しいエリネと異なり、花のように愛らしいライカ嬢は騎士にとっての癒《い》やしである。差し入れとして届く菓子《かし》も騎士の楽しみであった。そのライカに危機が迫《せま》るとあれば、皆《みな》が動くだろう。

（どうしよう。ライカ、無事でいて）

エリネはただ、不安で震《ふる》える手を握りしめるのみだった。

本当はつらくて、不安で、泣きたくなる。けれど唇《くちびる》を嚙《か》みしめて耐《た》える。騎士であった頃からの癖《くせ》だ。泣いてはいけないと自分に言い聞かせて、いつしか涙は出なくなった。揺《ゆ》れる感情は胸の中に止《とど》める。

そんなエリネに、手を重ねたのはフラインだ。

彼は落ち着き払《はら》った様子で問う。

「ライカを捜《さが》そう。思い当たる場所、不審《ふしん》なもの、何かない?」

ごちゃごちゃとした頭に、フラインの声だけはすとんと響《ひび》く。それは波紋《はもん》のように広がって、エリネの思考を冷静に戻していった。

(思い当たる場所、不審なもの……)

何があるだろう。そう考え、思い出したのは先日のフェフニールの言葉である。

『後悔するというのに』『お前が泣きながら許しを乞《こ》う日が楽しみだ』

彼は嫌《いや》な笑《え》みを浮《う》かべて言っていた。何を示唆《しさ》していたのか、その時はわからなかったが、もしかするとライカを襲う計画を立てていたのではないか。

(だとするなら、私が天魔座の拠点襲撃《きょてんしゅうげき》の場にいたから? だから私の弱点としてライカを狙《ねら》った?)

答えが見えてくる。エリネは顔をあげた。

「フェフニールが、私に妙《みょう》なことを言っていた。もしかすると、ライカはフェフニールが連れ去ったのかも」

これを聞き、フラインも考えこむ。

「彼ならやりかねない。でもあの狡猾《こうかつ》さだから、彼は直接手を下さない。となればいつでも切り捨てられる駒《こま》を操《あやつ》るだろう」

フェフニールには王弟《おうてい》という立場がある。堂々とは動かず、何かあっても保身に走れるよう対策をしているはずだ。切り捨てられる、動かしやすい駒。

「天魔座だ！」

エリネは叫《さけ》んだ。フラインのおかげで、はっきりと見えた。

フェフニールと天魔座に関係があるのなら、彼にとって最も都合良く動かし、切り捨てられるのは天魔座だ。

そうなれば、エリネは強い。何せ未来を知っている。街の破壊《はかい》活動をした天魔座を捕《と》らえるべく、国中を捜索し、彼らの隠《かく》れ家に乗りこんでいる。

「場所はわかる。すぐに――」

「待って」

動こうとしたエリネだが、フラインと手を繋いだままだった。その手をぎゅっと力強く握《にぎ》られたため、エリネは振《ふ》り返る。

「まさか一人で行くつもり？　僕も、後悔《こうかい》したくないんだけど」

「……うん。フラインも一緒《いっしょ》に来てほしい」

「もちろんだよ。君に断られてもついていくけどね」

頼《たよ》れる仲間がそばにいる。それが心強く、エリネの支えとなる。

再び、二人は駆け出していった。

天魔座の者たちが人を攫《さら》うのは、今に始まった話ではない。騎士であったエリネが隠れ家に乗りこむと、そこには死体がいくつもあり、どれも行方《ゆくえ》不明になっていた者たちであった。しかし、なぜ人を攫っていたのか、彼らの目的は明らかになっていない。

（どうして人を攫うのか、それを調べようとしたら……確か止められたんだ）

その頃《ころ》はエリネは騎士団長ではなかった。だから誰《だれ》が、どんな意図を持って介入《かいにゅう》したのかわかっていない。

（ライカ、無事でいて）

隠れ家までは距離《きょり》があったが、フラインが早駆《はやが》けの魔術《まじゅつ》を使ってくれたため、夜には着くことが出来た。

ここにライカがいるかはわからないが、ジェフリーには場所を伝えてからここに来た。天魔座の残党を発見できれば騎士団にとって大きな功績となる。だが早駆けの魔術はないため、エリネらより遅《おそ》い到着になるだろう。

森の中に建てられた隠れ家。入り口にて数名の魔術士が見張っている。身を隠しながら近づくとフラインが言った。

「二手に分かれよう。僕はここで囮《おとり》になるから、エリネは中に。僕も見張りを片付けたらすぐに行くよ」

フラインはエリネの腕前《うでまえ》を知り、信頼《しんらい》して託《たく》してくれているのだ。その信頼がありがたく、駐屯地で借りてきた剣《けん》を握りしめる。

フラインが飛び出した。透明《とうめい》化の魔術は使っていない。見張りの意識はフラインに向く。杖《つえ》を向けると先端《せんたん》の宝石が輝《かがや》き、轟音《ごうおん》がした。見張りを入り口から遠ざけるように雷撃《らいげき》を放ったのだ。

すかさず詠唱《えいしょう》し、今度は火炎弾《かえんだん》を打つ。地に落ちると砂埃《すなぼこり》が舞《ま》い上がった。視界は悪くなったが、これが突入《とつにゅう》の合図である。

(昔に、私とフラインで作った連携《れんけい》だ。今のフラインも、これを知っていたのか)

騎士《きし》と魔術士が協力し、実戦を行うため、当時のエリネとフラインはいくつもの連携法を編み出している。今のも、その一つだ。

なぜ今のフラインが知っているのか。その疑問は浮かぶも、エリネは駆けていく。砂《すな》煙《けむり》が消える前に、隠れ家に忍《しの》び込む。

陽動作戦によってエリネは隠れ家に入ることができた。慎重《しんちょう》に歩を進める。

外の騒《さわ》ぎを聞きつけたのか魔術士らが出てきた。しかしすぐにエリネは斬《き》り捨てる。躊躇《ためら》いはなかった。

久しぶりにしっかりとした剣を握ったので楽しい。襲いかかる魔術士よりも速く動き、懐《ふところ》に忍び込む。彼らが呪文《じゅもん》を詠唱する前に、止めた。

「女が一人で……ぐっ」

「今日は加減ができないからね」

「だ、誰か！　騎士が来た！」

騎士ではないけれど、と苦笑《くしょう》しつつ、エリネは剣を振るう。振りかざした剣を杖で受け止められれば、今度は足で相手を蹴《け》り上げる。剣術だけではない、体術だって自信がある。

「怒《おこ》っている時の私は止められないと、皆が言ってたね」

かつて騎士であった時、ジェフリーや仲間の騎士らが言っていた。お手上げだと言って距離を取る。近くにいるだけで恐怖《きょうふ》で震え上がるのだそうだ。

それはまさしく、今のエリネだ。ライカを奪《うば》われ、激怒《げきど》している。

瞬《また》く間に魔術士らは倒《たお》れた。エリネとしては物足りない量である。他にも潜《ひそ》んでいるかもしれないと警戒《けいかい》しつつ、一つずつ部屋を捜索する。

「……あれは」

奥の部屋に向かうと牢《ろう》があった。石造りの部屋に牢があり、中には攫われてきたのだろう人々がいる。

「た、助けて……」

衰弱《すいじゃく》している者や怪我《けが》を負った者はいるが、生きている。かつてはこの部屋にあったのは無数の死体だった。

(以前乗りこんだ時よりも時期が早いから、間に合ったんだ。命を落とす前でよかった)

彼らを助けられたと安堵《あんど》する。エリネは牢に近づいて告げた。

「まだここから出せないけど、もうすぐ助けがくる。それまで耐えて」

「助かるの、ですか?」

「我《われ》らがミリタニア騎士団が向かっているよ」

しかし彼らの表情は優《すぐ》れなかった。騎士と聞き、怯《おび》え始める。

「騎士団が……いや、いやです。もうあの方は……」

「お助けください。騎士団長が……あの人が我々を……」

怯えるだけでなく、泣き始める者もいた。

その理由をエリネは知っている。

(……この頃《ころ》の騎士団長が、天魔座にお金で買われて、手を貸していた。お金に目が眩《くら》んで悪事に手を染めていた)

本来は民《たみ》を守るべき存在が、脅《おびや》かす側となっている。その怒《いか》りと、人々への申し訳なさでエリネは俯《うつむ》く。

フラインやジェフリーらも語る、騎士団の腐敗《ふはい》。それは騎士団長をはじめとする上層部の背信行為《こうい》が理由である。ミリタニア王も嗅《か》ぎ取りはじめ、騎士団長らは騎士塔《きしとう》を追われている。しかし彼らが逃《に》げ込んだのは天魔座だった。

この天魔座追討の一件は騎士団を大きく変える。騎士団長を捕らえ、新たな騎士団長となったのがエリネだったが、今回はジェフリーになるだろう。

エリネは改めて、皆《みな》の顔を見回す。安心させるように微笑《ほほえ》んで告げた。

「あの騎士団長はこれから捕らえる。騎士団はあるべき姿に戻《もど》るから大丈夫《だいじょうぶ》。ここに向かっているのは私たちが信頼する騎士だから安心してほしい」

簡単に信じられるものではないとわかっている。だからまだ彼らは恐怖に震《ふる》えている。

エリネは背を向け、歩き出す。残党を全《すべ》て捕らえるまで、安全は確保されていない。牢の中にいる者を解放するのはその後だ。目指すは奥の間。

「あの……」

一人が声をあげた。エリネは足を止めて振り返る。

「先ほど、天使のような可愛《かわい》いお嬢《じょう》さんが連れられてきました。あなたと同じ金髪《きんぱつ》の子」

ライカのことだ、と気づいた。

(やっぱり連れ去られて、ここに来ていたのか。予想は正しかった)

その者はおそるおそるといった様子で続ける。

「ですが……騎士団長殿《どの》が連れて行ったのです。美しい方だから、きっと……」

そこで言葉を濁《にご》し、俯いてしまった。

だとするならエリネが目指す場所にライカがいる。ライカが無事かもしれないと希望を見つけ、エリネは力強く頷《うなず》いた。

「その子も助けてくるよ。任せて」

駆け出し、奥に向かう。

想定通りに騎士団長がいた。彼を慕《した》って集まったのだろう騎士団の先輩《せんぱい》たちもいる。彼らはやってきたエリネに驚《おどろ》いていたが、すぐに笑い出した。

「何かと思えば、女かよ」

「さっきの子に似てるな。姉妹《しまい》か？」

げらげらと笑い、油断している彼らだが——すぐに表情を変えた。エリネが素早《すばや》い動きで距離を詰《つ》め、一人に剣を向けたためだ。

「ライカはどこだ」

その気迫《きはく》は令嬢ではなく、騎士が持つもの。眼光の鋭《するど》さに男らはひゅっと息を呑《の》む。

「……っ、この女！　おい！　やれ！」

騎士団長が命じると、皆が剣を抜《ぬ》き、襲《おそ》いかかってきた。

しかしエリネは慌《あわ》てず一人ずつ冷静に対処していく。多数に囲まれた時に重要なのは冷静さを保つこと。周囲をよく見て、動きを見極《みきわ》める。誰から対処すべきか判断し、隙《すき》を作らぬ動きで斬りかかる。

（ジェフリーには悪いけど、こいつは私が捕《と》らえる）

敵なしと謳《うた》われた剣術は衰《おとろ》えていない。次々と騎士らを打ち倒す。

最後に残った騎士団長に剣を向ける。鍛錬《たんれん》を怠《おこた》っているためかずんぐりとした体形になり、騎士らしさは微塵《みじん》もない。剣を交《か》わしても圧倒《あっとう》できるだろう。

騎士団長も、エリネに敵《かな》わないと察した。諦《あきら》めたように座りこみ、剣を手放している。

「み、見逃《みのが》してくれ！　なんでも話すから、な？」

エリネは鋭く睨《にら》みつけたまま、問う。

「ライカはどこ？」

「別の部屋だ。まだ生きてる」

「どうして連れ去ったの？　誰《だれ》の命令？」

「フェフニールだ！　俺は雇《やと》われて、天魔座として動いただけだぞ!?」

やはり命じたのはフェフニールだった。予想していたとはいえ、語られた名前に嫌気《いやけ》がさす。

「……街の人たちを連れ去っていたのは？」

「お、俺もよくわからないが、研究のためだ。天魔座が魔術《まじゅつ》を研究するために人の命を使うと言って。なあ、もういいだろ!?　助けてくれ。俺はミリタニア騎士団長だぞ!?」

瞬間《しゅんかん》、エリネの体が動いた。

ひゅんと小気味良い音をたて、剣《けん》の柄《つか》が彼の腹に吸いこまれていく。騎士団長の体がその場に倒れた。気を失っているだけで息はあるが、しばらく目を醒《さ》まさないだろう。エリネは彼を見下ろし、告げた。

「二度と、騎士団長を名乗るな」

騎士団を腐《くさ》らせ、汚《よご》していったのは彼である。忌々《いまいま》しく、腹立たしい。

エリネは頽《くずお》れた彼から視線を外す。捜《さが》すべきはライカだ。

しかし、エリネが動き出した瞬間、散らかったテーブルから一枚の紙が落ちてきた。ひらりと落ちていく紙に記された文字が視界に入り、エリネは息を呑む。

「禁術……ここでも？」

テーブルには他《ほか》にも書きかけの紙が置いてある。どうやら騎士《きし》がこの部屋を使う前、ここで魔術の研究を行っていたようだ。書かれている内容からして禁術について調べていたのだろう。

好奇心《こうきしん》が勝《まさ》り、エリネは別の紙も手に取る。そこには禁術の代償《だいしょう》について書かれていた。

「黒霧《こくむ》の禁術。人の命を代償として……使う……」

人の命をどれくらい捧《ささ》げれば、黒霧の禁術が使えるのか調べていたようだ。

他にも、豪炎《ごうえん》の禁術について書かれていた。人の命を捧げるため簡単には消えない、青い炎を生む。

(私が騎士だった時、天魔座が街を燃やした。あの青い炎も、魔術を使わないと消えない炎だった。あれも禁術なのか)

消火活動に当たった魔術士らは疲弊《ひへい》し、中には命を落とした者もいた。フラインも首を傾《かし》げる不思議な炎だったが、禁術と知れば納得《なっとく》する。

この研究は急ぎ行われていたようだが、エリネが隠《かく》れ家を制圧したため、途中《とちゅう》で終わるだろう。紙を破り捨てたいほど怒りが湧《わ》いたが、貴重な証拠《しょうこ》である。何とか堪《こら》えた。

(じゃあ天魔座が、人々を攫《さら》っていたのもこの研究のために?)

理《ことわり》をねじ曲げるほどの強い魔術。その代償は、人の命なのだ。危険な魔術である。禁じられるのも当然だ。

そしてもう一つ、気になるものがあった。他の紙には『膨大《ぼうだい》な魔力を要求する』『強い魔力を持つ者の命』と書かれている。

「黒霧の禁術。豪炎の禁術。他にもある?」

そう呟《つぶや》き、その紙を手にしようとし——視界が急に暗くなった。何かに妨《さまた》げられている。

「だめだよ」

聞こえたのはフラインの声だ。彼の手がエリネの目を覆《おお》ったのだ。

「これは君が知ってはいけないもの。関《かか》わらない方がいい」

そして手にしたばかりの紙を奪《うば》われる。エリネは慌てて、彼の手を振《ふ》りほどき振り返る。

「返して。それを読みたい」

「良くないものだよ」

「でも知りたい！」

どうしても、続きを知りたい。知らなければいけない気がしたのだ。

奪い返そうと手を伸《の》ばすが、予期していたようにフラインが紙を掲《かか》げる。いくらエリネでも背丈《せたけ》では敵わないため、跳《は》ねてみたところで手が届かない。

「僕を信じて。これは君が知っちゃだめなんだ」

「でも――」

もう一度跳《と》ぼうとしたが、腕《うで》も体も動かなかった。何かに包まれて止められている。頰《ほお》をくすぐる感触《かんしょく》や背に触《ふ》れた温度から察して、エリネは動けなくなった。

「な、なにを」

フラインに抱《だ》きしめられている。

困惑《こんわく》するエリネの首元に、フラインが顔を埋《うず》めた。

「……お願い。君に知ってほしくない」

切なげな声が、耳を掠《かす》めた。彼がそんな風に喋《しゃべ》るのは初めてで、胸が苦しくなる。

おそるおそるフラインの背に触れる。ローブで覆われているが彼の体が持つ熱や、体付きが手のひらに伝わってくる。あやすように撫《な》でると、フラインが顔をあげ、こちらを見つめた。

「これで、騙《だま》されてくれる？」

からかうような微笑《ほほえ》みに、先ほど感じた切なさは微塵も残っていない。急に怒《いか》りが湧いてきた。紙を返さず、抱きしめて誤魔化《ごまか》そうとするなど許さない。

怒りの言葉をぶつけようとした時、扉《とびら》が開いた。慌ててエリネはフラインから離《はな》れる。

「エリネ嬢、フライン殿も！　ここにいましたか！」

やってきたのはジェフリー率いる騎士の皆《みな》だった。そしてジェフリーの後ろからひょこっと顔を出したのはライカである。

「ライカ！」

目を合わせるなりエリネはライカのもとに駆《か》け寄り、優《やさ》しく抱きしめる。

「怪我《けが》はない？　何もされていない？」

「ええ、大丈夫《だいじょうぶ》です」

どうやらエリネが戦い終え、書に触れている間に騎士団が到着《とうちゃく》したらしい。彼らは様々な部屋を調べ、先にライカを見つけたようだ。

「ジェフリー様が助けてくれたの。凄《すご》い速さで斬《き》りかかって、あっという間に倒《たお》してしまったのよ。来てくださらなかったら、私はどうなっていたか……」

ジェフリーが珍《めずら》しく慌てていたのをエリネは知っている。あの冷静な男が、他の騎士のもとまで走っていったのだ。騎士団長であった頃《ころ》も、そんな姿を見たことはなかった。

エリネはジェフリーに視線を移す。そして微笑み、礼を告げた。

「ジェフリー。妹を助けてくれてありがとう」

「後はお任せください。ここで何があったのかは……だいたいわかっています」

この部屋に倒れているのは、騎士団を裏切った者たちだ。騎士団の腐敗《ふはい》を嘆《なげ》いていたジェフリーは、彼らの悪事を知っているだろう。後は任せた方がいい。

「じゃあ、帰ろう」

そう言って、ライカの手を取る。しかしライカはジェフリーが気になるのか、彼を見つめて動こうとしなかった。

「あの、ジェフリー様！　助けていただいたお礼を……」

「騎士として当然の行動をしたまでです。お礼など必要ありません」

「でも！」

頑《かたく》なに動こうとしないライカに気づいたのか、ジェフリーは背を向けて歩き出そうとしたが、数歩進んだところで足を止めた。

「……私は、あなたが作る甘い菓子《かし》が好きです」

ぼそぼそと小さな声が聞こえてきた。ジェフリーは、こちらに背を向けたままでいるのだが、耳はしっかりと赤くなっていた。

ジェフリーが甘いものを好むとは初耳だ。彼が表情を変えにくい人間のため、食べ物に好き嫌《きら》いはないのだと思っていた。しかし言われてみれば、ライカが差し入れとして持っていく菓子は全《すべ》て平らげていた。

「では今度、お菓子を持っていきますね。あ、でも一人で行くのは……」

ライカが不安げにエリネの方へ視線を向けたのは、出掛《でか》ける前の言い争いがあるためだろう。一人で持っていくことに不安があったのかもしれない。

「迎《むか》えに伺《うかが》います」

そこでジェフリーが言った。これを聞くなり、ライカはぱっと笑顔《えがお》になる。

「お待ちしています！」

ここにお菓子はないというのに、甘い空気が漂《ただよ》っている気がする。エリネは知らないふりをして、ライカと共に歩き出した。

⚜

再びミリタニア王から連絡《れんらく》が入ったのは、その数日後である。

エリネは王宮に招かれていた。今回はライカも一緒《いっしょ》である。

「此度《こたび》の件、ジェフリーより話を聞いている」

潜《ひそ》んでいた天魔座は捕《と》らえられ、加担していた騎士《きし》団長らも捕らえられた。エリネの妹が攫われ、エリネも捜《さが》しにきていたと報告を受けたのだろう。

「そなたにも、そなたの妹にも、迷惑《めいわく》をかけたな」

「いいえ。皆が無事でしたから、よかったです」

「しかし奇妙《きみょう》な話があってな」

王は髭《ひげ》をいじりながら首を傾げる。

「捕らえた者たちは口々に『女騎士にやられた』と言う。だが我が騎士団に女騎士はいない。ジェフリーに聞いても口を閉ざす。どういうわけかと思ってな」

「そ、それは奇妙な話ですね……」

どう考えてもエリネのことである。しかし名乗りでるわけにはいかず、エリネは顔を引きつらせることしかできなかった。隣《となり》にいるライカはエリネをちらりと見ていたが、察したのか何も語らない。

「私もそなたに興味があってな。ぜひ、二人とも今宵《こよい》の晩餐《ばんさん》を共にしてほしい」

「身に余る光栄です。ありがとうございます」

エリネとライカは礼をし、王座の間を出た。

晩餐までは時間があるためエリネとライカは来賓《らいひん》室に戻《もど》る。しかしエリネの表情は晴れなかった。

(禁術について、あのまま聞き出せずにいたけれど、ちゃんと話がしたい)

誤魔化すように抱きしめてきたフラインの、切なげな声。どうしてエリネが禁術について知ってはいけないのか、納得《なっとく》できる理由を聞きたい。

(やっぱりフラインのところに行くべきかな。でも、聞いても教えてくれるかどうか)

フラインは肝心《かんじん》なことを隠《かく》そうとする男だ。正直に聞いていいものか悩《なや》ましい。

悩みながらも来賓室をうろうろ歩いていると、扉が叩《たた》かれた。晩餐にしては早すぎる。何事かと扉を開ければ、そこにいたのは予想外の人物だった。

「フェフニール公……」

忌々《いまいま》しい者の登場に、エリネは眉根《まゆね》を寄せる。しかし眼前の男はライカの一件など知らなかったかのように、ふてぶてしい態度を取っていた。

「エリネ・マクレディア に用がある」

「私は、あなたに用などありませんが」

「良いのか？　お前が知りたがっていることを教えてやれるぞ」

いったい何のことか。訝《いぶか》しむエリネに、フェフニールはひそめいた声で告げる。

「お前、隠れ家で禁術の紙を手に取っていたそうじゃないか」

「っ……それを、どうして」

だが、エリネとしては一番気になっていることだ。相手がフェフニールとはいえ、その情報は知りたい。

「わかりました——少し出てくるから、ライカはここで待ってて」

首を傾《かし》げているライカを残し、エリネは来賓室を出る。フェフニールは廊下《ろうか》で話すつもりはないらしく、彼が選んだのは王家書庫だった。

フェフニールは王族であるため王家書庫への出入りが許されている。エリネは警戒《けいかい》しつつも、フェフニールの後についていった。

人気《ひとけ》のない薄暗《うすぐら》い階段を下りる。周囲に人がいないためか、フェフニールが口を開いた。

「禁術に興味を持つとは、良い目の付け所をしているな」

「ゼボル侯爵《こうしゃく》らを襲《おそ》ったのは、黒霧《こくむ》の禁術ですね？　人間の命を捧《ささ》げて、対象を殺す禁術と知りました」

「ほう。誰《だれ》から聞いた、フラインか？　いや答えなくてよい。どうせ禁術について調べられるのはフラインぐらいだ」

フェフニールはなぜかフラインの名を出し、憎々《にくにく》しそうに呟《つぶや》く。

確かにフラインは禁術の書を読んでいるようだった。ゼボル侯爵らがおそわれた時もすぐに駆け付け、黒霧の禁術を見抜《みぬ》いている。

「あの若造が。王のお気に入りだからと好き勝手にやっているようだな」

苛立《いらだ》ったように頭を掻《か》きむしる姿からして、フェフニールはフラインが嫌いなのだろう。

フラインの部屋にあった書は、王家書庫の印が押されていた。フラインは王家書庫への立ち入り許可をもらっていたのだろう。

(でも天魔座は？　書き写したような紙がたくさんあったけど)

いつ書き写したのか。あの書は王家書庫のものである。王の許可を得るか王族でなければ立ち入りができない。フラインに頼《たの》んで見せてもらうことやフラインの部屋に忍《しの》び込む方法もあるかもしれないが、彼の性格を鑑《かんが》みると現実的ではない。

(王族……ああ、そうか。フェフニールは王弟《おうてい》だから、彼も王族になる)

そう考えていると目的地についた。天井《てんじょう》まで届く棚《たな》には本がぎっしりと詰《つ》まり、薄暗いため圧迫感《あっぱくかん》がある。フェフニールは手をかざして、明かりを灯《とも》し、それから振《ふ》り返った。

「禁術は良い。代償《だいしょう》を払《はら》えば何でも叶《かな》う。人を殺すことも、生き返らせることも」

「生き返らせる？」

耳を疑いたくなる単語だった。エリネの反応から興味があると判断したのか、フェフニールは下卑《げび》た笑《え》みを浮《う》かべて答える。

「正確には『時間を巻き戻す』だがな。死んだ者の魂《たましい》を蘇《よみがえ》らせるため、世界の時間を巻き戻す。死に戻りの禁術とも呼ばれている」

巻き戻す。

エリネは啞然《あぜん》とした。なぜならそれは、エリネ自身が経験したものに似ているからだ。

どうして過去に戻ったのか、奇跡《きせき》のような現象が起きた理由はわからなかった。ただ後悔《こうかい》を晴らすべく、失うはずだった妹や両親を守っていた。

(まさか……私が、十八歳に戻ったのは)

死に戻りの禁術によるものではないのか。

だとするなら誰が。どんな目的で。どうしてエリネを過去に戻したのか。

「死に戻りの禁術は最も代償が重たく、ほとんどの魔術士《まじゅつ》が使えるものではない。まあ、お前には関係ないが」

動揺《どうよう》し、エリネの判断力は鈍《にぶ》っていた。

まずいと気づいた時には遅《おそ》く、エリネの眼前に眩《まばゆ》い光が走る。

フェフニールが魔術を使ったのだ。しかし、既《すで》にエリネは魔術を受け、その場に立っていられず倒《たお》れこんでいた。瞳《ひとみ》を開く力も残されていない。

「死の前に、よい話が聞けただろう？　私に感謝するんだな」

フェフニールの笑い声を聞きながら、エリネは意識を手放した。

⚜

目が醒《さ》めると、そこは眩《まぶ》しい場所だった。煌《きら》びやかな天井。豪華《ごうか》でもふもふした絨毯《じゅうたん》に、黄金色に輝《かがや》く調度品たち。

（……私は、どこに）

手足を動かそうとするができなかった。縄《なわ》で固く縛《しば》られている。

捕《つか》まったのだ。記憶《きおく》を辿《たど》る限り、エリネを捕らえたのはフェフニールだろう。

（死に戻りの禁術を聞いて動揺してしまった。失態だ……）

捕まってしまうとは情けない。しかし殺されていないのは幸いだった。

（何とか脱出《だっしゅつ》しないと）

エリネは部屋のベッドに寝《ね》かされているようだった。近くには窓があり、景色から場所の判断を試みたが、外はすっかり暗くなっていた。

「目を醒ましたか」

聞こえてきたのはフェフニールの声だった。彼はエリネのそばにやってくると、にやついた顔でこちらを覗《のぞ》きこむ。

「殺そうと思ったが、見目はなかなか良いからな。楽しんでから殺すとしよう」

頬《ほお》を摑《つか》まれ、無理やり目を合わせようとしてくる。その行動に、エリネは悪態をついた。

「……最低野郎《やろう》」

「いくらでも騒《さわ》げばいい。今は強気なお前が、泣いて許しを乞《こ》うのが楽しみだ」

ぎし、とベッドが軋《きし》む。フェフニールの巨体《きょたい》がこちらに乗り上げてきたのだ。

さらにエリネの髪《かみ》を摑んで、引っ張る。強い痛みが走ったが、エリネは両手をぶるぶると震《ふる》わせて耐《た》え続けた。

「うむ。やはり顔はいいな。フラインが気に入るのも納得だ」

エリネは何も言わず、フェフニールを睨《にら》みつけていた。その手はぶるぶると震えている。

「なんだ？　諦《あきら》めたのか。ははっ、それがいい。女なんて所詮《しょせん》か弱い――」

か弱い生き物だ、と言おうとしたのかもしれない。彼は最後まで言葉を紡《つむ》げなかった。

エリネは引き続き、手をぶるぶると震わせ、そして、ぶちん、と音が響《ひび》いた。まさしく縄が切れた音である。

「か弱い？　誰が？」

そう言って、エリネは自由になった両手をひらひらと見せつける。太い縄であったため引きちぎるのには時間がかかった。これまで手を震わせていたのは、力を込めて引きちぎろうとしていたからである。

「ば、馬鹿《ばか》な……ひ、引きちぎるだと⁉」

エリネが予想外の行動を取ったため、フェフニールは青ざめて身を引いた。その隙《すき》にエリネは足の拘束《こうそく》を解く。今はじゅうぶんに怒《おこ》っている。この縄程度、余裕《よゆう》でちぎれる。

手足が自由になり、引きちぎった縄を床《ゆか》にぽとりと落とす。エリネはベッドの上に立ち、得意げな顔でフェフニールを見下ろした。

「悪いね。私、脳まで筋肉でできているらしいから」

フェフニールは慌《あわ》てて、部屋の片隅《かたすみ》に置いていた杖《つえ》を取る。エリネも構えようとしたが、相手はフラインほどでないとはいえ、腕《うで》が立つ魔術士だ。

（さすがに丸腰《まるごし》で渡《わた》り合うのは厳しい）

謁見《えっけん》のために来たので短剣《たんけん》を隠《かく》し持っていなかった。武器があれば戦えたが、これでは難しい。

どうすべきかと迷っていると、フェフニールから紫色《むらさきいろ》の光が舞《ま》い上がった。

エリネは跳《と》んで逃《に》げる。すかさず雷撃《らいげき》が落ち、エリネが立っていたあたりを黒く焦《こ》がした。判断が遅《おく》れていればやられていただろう。

（いったん引くか。ここは狭《せま》い）

ちょうどエリネが逃げた先は窓近くだった。体当たりをしてガラスを割り、バルコニーに転がり込む。

「ハハッ、馬鹿め。ここを何階だと思っている」

フェフニールが笑った通り、エリネがいるのは大きな屋敷《やしき》の上階。相当な階数があり、下に飛び降りるのは厳しそうだ。

再びフェフニールが魔術を使う。光が放たれる前に、エリネはバルコニーの柱を掴んだ。

（降りられないなら、ここを登って屋根に逃げるしかない）

ひらりと柱を登って、屋根の端《はし》を摑む。

ここはフェフニールが所有する屋敷らしい。内装も見事なものだったが、屋敷も相当な広さで階数も高い。屋根に登ると、強い風が叩《たた》きつけてきた。

（……逃げ場になりそうなところは）

あたりを見回す。真っ暗な夜では周囲の景色どころか足元も見づらい。

このまま屋根に居続ければフェフニールが追ってくるだろう。それまでに、飛び降りても良さそうな場所を見つけるしかない。

慎重《しんちょう》に歩を進める。すると、いよいよ追いついたのかフェフニールも登ってきた。

「諦めろ。もう逃げ場はないぞ」

「…………」

「憐《あわ》れなものだな。大人しくしていれば数時間は生きられたものを。仕方ない、お前はここで殺す」

暗闇《くらやみ》にぼうっと浮かぶは、杖の光だ。紫色の光が集まっていく。

（だめだ。一か八か飛び降りるしかない）

覚悟《かくご》を決め、屋根の端に駆《か》けていこうとした時である。

「エリネ！」

声が聞こえた。はっとしてそちらを見やろうとすれば、体が何かに引き上げられる。そして守るように抱《だ》きしめられた。

視界にあるのは、見慣れた白のローブだ。サファイアブルーの紋章《もんしょう》もある。

「……嘘《うそ》。どうしてここに」

顔をあげれば、フラインがいる。

紫色の光を纏《まと》っているのは、彼が跳躍《ちょうやく》の魔術を使ったためだ。跳躍の魔術は高く跳び上がる。屋根を越《こ》えるほど高く跳び、その途中《とちゅう》でエリネの体を引き上げ、抱きしめたのだ。

見れば足元に、先ほどいた屋根が見える。炎《ほのお》が揺《ゆ》らめいているのはフェフニールが放った火炎《かえん》の魔術《まじゅつ》だろう。

最大高度に達したのかフラインとエリネの体はゆっくりと降下していく。重力に逆らい、ふわふわと舞うように下りていくのも跳躍の魔術のおかげだ。

下りていく途中で、フラインは杖をフェフニールに向けた。

「エリネを傷つける者は、許さない」

その呟《つぶや》きの後、声に出さず素早《すばや》く唇《くちびる》を動かし、呪文《じゅもん》を詠唱《えいしょう》する。フェフニールのいた場所に大きな雷撃が落ちた。叩きつけるような轟音《ごうおん》は、その雷撃の威力《いりょく》が普段《ふだん》よりも大きいことを示している。

「ぐ……あ……」

ゆっくりと屋根に下りると、そこにはうずくまり倒れるフェフニールがいた。フラインは容赦《ようしゃ》なく、彼に杖を向ける。

「君の罪はわかっているよ、フェフニール」

「く……フライン、め」

「王位を狙《ねら》う君は禁術を用い、国の混乱を招いて王を引きずり下ろそうと考えた。しかし禁術を研究するには、王宮を離《はな》れないといけない。そこで作り上げた研究組織が天魔座」

「……わかって、いたのか」

「まあね。ずっと探《さぐ》っていたんだ。君が北部ガドナ地方に逃げてしまう前に、ケリをつける気でいた。こんな風にわかりやすく出てくれるとは思わなかったけど」

フラインは今までになく冷たい顔をしている。怒っているのだ。いや、焦《あせ》りかもしれない。普段見ない姿なだけに、フラインがそれほど本気であるとわかる。

しかし、フェフニールはなぜか笑い出した。

「馬鹿め」

彼が持つ杖に、光が集《つど》う。紫色ではない。濁《にご》ったように黒い光。

「黒霧《こくむ》。我が命を代償《だいしょう》に——あの者を襲《おそ》え！」

最後の力を振《ふ》り絞《しぼ》ったのか、彼は杖の先をエリネに向けた。敗北するならせめてエリネだけでも殺そうとしたのだろう。

黒い靄《もや》のようなものが解き放たれる。それはエリネに向け、真っ直《す》ぐ突《つ》き進んだ。

「っ……！」

避《よ》けられない。そう察して顔を逸《そ》らしたが、紫色の光が見えた。

フラインだ。彼の杖が紫の光を放ち、うっすらと光る壁《かべ》のようなものを作り上げたのだ。

黒い靄はその壁によって弾《はじ》かれる。

「悪いね。それ、二度目なんだ」

「貴様……！」

「一度目は彼女を守れなかった。次に彼女が狙われた時は絶対に守ろうと思って、防衛魔術を開発していたんだよ」

跳《は》ね返された黒い靄は、術者へと戻《もど》っていく。そこにいるのはフェフニールだ。

「うがあああ……あ……」

靄はフェフニールの体に吸いこまれ、見えなくなる。喉《のど》に絡《から》みついているのだろう。彼は喉を押さえて苦しげに呻《うめ》いていたが、やがて声すらもあげられなくなった。

痛みにもがき、体を捩《ねじ》る。しかしここは屋根だった。一度転がった体は屋根の傾斜《けいしゃ》に従い、落ちていく。

どさ、と音が聞こえた。フェフニールの体が屋根から地面に落ちたのだろう。もし意識があったとしても、黒霧の禁術を食《く》らっているため、すぐに処置を受けねば助からない。

（助かった、のか）

脅威《きょうい》が去ってから実感する。フラインに助けられた。

お礼を言おうと彼に向き直ろうとしたが、それよりも早く、エリネは抱きしめられた。

「無事で……よかった……」

フラインの体は震《ふる》え、エリネの体を抱きしめる腕の力は強い。

「また間に合わないのかと思った。もう二度と君を失いたくないのに」

彼は腕を解き、両手でエリネの顔に触《ふ》れる。無事であると確かめるような、急《せ》いた動きだった。

「怪我《けが》は？　変な魔術も食らっていない？」

「大丈夫《だいじょうぶ》……だけど」

「よかった。今度は、君を守れた」

再び強く抱きしめられる。

エリネは、今の言葉で確信を抱《いだ》いていた。

「フラインは……私を失ったことが、あるのね」

フラインの言葉はまるでエリネを失った経験があるかのようだった。『また間に合わないのかと思った』と語っている。そして黒霧の禁術は二度目と言った。しかし彼が語ったものは、ゼボル侯爵《こうしゃく》らではない別の者へのもののようだった。思い当たるのは騎士《きし》団長であったエリネが命を落とした時だ。あれも黒霧の禁術だったのではないかと考えている。

「過去に戻ったのは私だけじゃなくて、フラインも？　あなたも未来を知っているの？」

これまで未来を知っているのは自分だけかと思っていた。しかしフラインも知っているのではないか。

おそるおそる問いかけたそれに、フラインはゆっくりと──頷《うなず》いた。

「……知っているよ。君が、とびきり強い騎士団長だったこと」


まもなくして、騎士団と魔術士らが駆け付けてきた。

フラインは王に直談判《じかだんぱん》し、これまで集めてきたフェフニールの罪を曝《あば》く証拠《しょうこ》を提出していたのである。王は天魔座だけでなく王弟《おうてい》フェフニールも追討すべく命令を出していた。

フラインの声かけにより魔術士らが動き、ジェフリーは騎士らを率いて動く。双方《そうほう》が手を取り合い、フェフニールの屋敷に乗りこんだのである。

この一件は、騎士と魔術士が手を取り合い、解決に向けて動いた日として歴史に刻まれるのだが、その日に助けられたエリネ・マクレディアを知るのは一部の者のみ。

間章　騎士団長が気づかなかった日

「──なので、我《われ》らが騎士団を率いるはエリネが最適だと思うのですが」

　その相談を持ちかけてきたのは、騎士団のジェフリーだった。フライン・レイドルスターは頬杖《ほおづえ》をつきながら、不満げに言う。

「で。どうして僕に言うわけ？　エリネの背を押したいなら、騎士団でやればいい」

「あなたしかいないでしょう」

　ジェフリーの相談とは、新たな騎士団長にエリネを推《お》したいという話である。しかしエリネ本人の覚悟《かくご》がわからず、なぜかフラインに相談しにきたのである。騎士がやればいい話であって、なぜフラインに相談にきたのか、その理由に納得《なっとく》がいかない。

「エリネと最も親しいのは、あなたでは？」

　ジェフリーは表情も変えずに告げる。確かに親しい。むしろフライン以外の者が親しいと聞けば、苛立《いらだ》ってしまうかもしれない。嬉《うれ》しいのだが、ジェフリーに言い当てられているのは癪《しゃく》に障《さわ》る。

「この話をするついでに、想《おも》いを告げてきたらどうです？」

「余計なお世話だ」

この男が苦手だ。縦に大きいだけの無愛想な騎士かと思えば、意外にも物事を見ている。フラインが隠《かく》している気持ちに気づいているのも腹が立つ。

フラインはため息をついて立ち上がる。

「とりあえず、話してはみるけど期待しないで」

表情は変わらないくせに、ジェフリーがしたり顔をしているような気がした。それも腹が立ったので、出て行く時に扉《とびら》を強く閉めてやった。


簡単に、言ってくれるものだ。

想いとは、知らぬうちに腹立たしいほど膨《ふく》れ上がる。伝えれば楽になるのかもしれないが、そうなれば相手の反応が気になり、別の悩《なや》みが生じるのだろう。今の関係性が壊《こわ》れることも恐《おそ》ろしく、そうなれば好意を告げずに胸のうちで育てるのが最善だ。

(告げられるなら、そうしているさ)

ジェフリーの言葉を反芻《はんすう》し、心の中で反論する。

騎士塔《きしとう》を出て廊下《ろうか》を歩く。ここの廊下からは庭園が見える。日も差し込むため、昼間に歩くと心地《ここち》よい。

すると柱に隠れるように立っている人物が目に留まった。鮮《あざ》やかなカッパーレッドの制服に、高く結い上げた金の髪《かみ》。剣《けん》を握《にぎ》れば容赦《ようしゃ》ないと話題のエリネである。

彼女は呆《ほう》けた様子で庭園を見つめていた。庭園では、王女や令嬢《れいじょう》らのお茶会が行われていた。

（……また、令嬢観察しているのか）

エリネはよく令嬢たちの様子を見つめている。振《ふ》る舞《ま》いであるとかドレスであるとか、とにかく華《はな》やかな彼女たちが気になるらしい。

「また睨《にら》んでるの？　怖《こわ》がられるよ」

フラインはエリネに声をかける。エリネは平静を装《よそお》っていたが、慌《あわ》てた素振《そぶ》りが一瞬《いっしゅん》あった。令嬢観察を他《ほか》の者には知られたくないのだろう。

「見ていただけだ」

「ふうん。何が気になるの？　お茶会？　ドレス？　エリネならドレスを着ても似合うと思うよ。たまには剣を置いて、令嬢っぽくしてみてもいいんじゃない？」

しかしエリネは頷こうとしなかった。未練がましく、再び令嬢らを見つめる。

「いい。私は違《ちが》う道を歩いているから」

その言葉はフラインに向けているようで、実はエリネ自身に向けたものかもしれない。秘《ひ》めたる切なさが、フラインにそう思わせた。

「私は家族を失った。守れなかったのだから、私だけ幸せになれない」

ていた。

エリネの横顔は悲しげであり、瞳《ひとみ》は潤《うる》んでいる。けれど彼女は唇《くちびる》を嚙《か》みしめ、涙《なみだ》を堪《こら》えているようだった。

泣けないのだ。彼女は覚悟を決め、心を閉ざした。だからもう涙を流さない。

そういった姿を見るたび、フラインの胸が痛む。抱《だ》きしめたくなる衝動《しょうどう》に駆《か》られる。

「……新しく家族を作るとか」

フラインが呟《つぶや》いた。告白ではないのだが、この提案は少々恥《は》ずかしいものだった。エリネの顔をまっすぐに見られない。

けれど聞こえてきたのはエリネの苦笑いだった。

「いいんだ。失うのが怖いから」

「………………」

「また失うかもしれない。そう思うと怖いから、今のままでいい」

フラインは諦《あきら》めたように息をつき、「そっか」と小さく呟いた。やはりこの恋心《こいごころ》は秘め続けるしかない。彼女が、深い後悔《こうかい》を抱《かか》えている間は。

共に廊下を歩いていると、エリネが言った。

「前騎士団長は処刑《しょけい》となったな。街を痛めつけた責任をもっと負わせてやりたかったが」

天魔座追討命令が下り、けれど騎士団も魔術士《まじゅつ》も初動が遅《おそ》く、そのうちに天魔座は各地に潜《ひそ》んで力をつけていた。街は不気味な青い炎《ほのお》で打撃《だげき》を受け、多くの死者が出ている。

エリネとフラインが協力して、隠れ家に乗りこんだのは先日の話だ。前騎士《きし》団長や天魔座の残党を捕《と》らえている。

「せめて街に被害《ひがい》が出る前に、天魔座を叩《たた》きたかった」

「悔《く》やんでも仕方ない。騎士団の体制を整えて、復興のために動かないとね」

今回の一件は、腐敗《ふはい》した騎士団の膿《うみ》を出す結果となった。ミリタニア王は騎士団の立て直しを急ぎ、新たな騎士団長を任命しようとしている。現在、候補としてあがっているのは二名だが、その一人がエリネだ。

「エリネはさ、このままずっと騎士を続けるつもり？」

「もちろん。なぜそれを聞く」

「他の道もあるかもしれないから、念のため」

エリネは首を傾《かし》げていた。

「私は剣に身を捧《ささ》げている。騎士として生き、騎士として生を終える」

「うん。そうだね」

「騎士や魔術士という境界線を捨て、剣と魔が手を取り合って、国を守り抜《ぬ》く。そう考えているが」

きっと、彼女なら大丈夫《だいじょうぶ》だ。

フラインはにっと笑《え》みを浮《う》かべて、エリネに告げる。

「僕、筆頭魔術士に任命されるんだ」

それは今朝方、王から伝えられた話だ。いずれ発表され、任命式が行われる。これは誰《だれ》にも伝えていない。最初に、エリネに言いたかった。

「よかった！　それはめでたい話だ！　お祝いをしよう！」

「だからさ、君も騎士団長になってよ」

「……は？」

エリネの歩みが止まった。口をぽかんと開け、呆然《ぼうぜん》としている。

「いいと思うけどな。君はたくさん功績をあげて、騎士団でも負け知らず。騎士団長の候補は君とジェフリーらしいけど、ジェフリーはエリネがいいって言っているし」

「ま、待て。騎士団長って、私が？」

「君以外にいないよ。騎士団も、筆頭魔術士になる僕も、皆《みな》が君を推している」

予想外だったらしく、エリネは困惑《こんわく》していた。女騎士だけでも異例なのに、まさか騎士団長の誘《さそ》いが来るとは思ってもいなかったのだろう。

フラインはエリネのそばに寄り、彼女の手を握る。

「僕は魔術士を率いる、君は騎士を率いるんだ。僕たちが手を取り合う限り、剣と魔は協力し続ける。僕たちの存在が、剣派と魔派の溝《みぞ》を埋《う》めていく」

「……私に、出来るだろうか」

珍《めずら》しく不安げな顔をしている。フラインは微笑《ほほえ》み、頷《うなず》いた。

「できるよ。だって、僕が君を支え続けるんだから」

その言葉に、エリネの瞳が揺《ゆ》れる。

「……わかった」

彼女は迷いが晴れたのか、覚悟《かくご》を決めた顔をしていた。

本当は違う言葉を告げたかった気がする。けれど臆病《おくびょう》になって言えず、騎士と魔術士の関係性に縋《すが》り付く。そんな自分のずるさに、フラインは心の中で苦く笑う。

「私は、フラインがいるから頑張《がんば》れるよ」

はにかんだように笑って、エリネが言う。

瞬間《しゅんかん》、どきりと胸が弾《はず》んだ。今繋《つな》いでいる手に、意味を見出《みいだ》したくなってしまう。

(ずるい。こんなの、一生そばにいたくなる)

だからエリネには弱いのだ。

彼女の覚悟を聞いたフラインは、早速《さっそく》ジェフリーとミリタニア王に報告した。

まもなくして任命式が行われる。新たなる筆頭魔術士にフライン、騎士団長にはエリネが選ばれた。

第四章 ◆ 伯爵令嬢はもう後悔したくない

天魔座を操《あやつ》っていたフェフニールが倒《たお》れたため天魔座の残党も散り散りになり、計画も頓挫《とんざ》した。そのため街に炎が放たれることも、大きな被害が出ることもなかった。

運命は変わり、街は綺麗《きれい》なまま平和を保っている。

「最近のお姉様は、のびのびとしているわ」

マクレディアの屋敷《やしき》で茶を楽しむエリネのもとに、ライカと両親がやってきた。両親は何やら書状を抱えている。

「お父様……まさか私に縁談《えんだん》が？」

エリネが問うと、父は書状をテーブルに置いた。いくつも書状があるのだが、記されているのはどれも男性の名前である。

「いや、どれもライカ宛《あて》だ」

「最近、私にそういう話は来なくなりましたね」

一時期は次々ときていたが、どういうわけかぴったりと止まった。そうなると届くのはライカ宛の話ばかりである。

あれ以来、エリネはライカを守りながらも、時には見守るようにした。過保護になりすぎてライカを苦しめないように心がけている。

そのライカは、意を決したように顔をあげた。

「お父様。縁談は全《すべ》て断ってください」

「……エリネに続き、お前もか」

この展開はエリネで慣れてしまったのか、父はため息をついていた。しかしライカはすぐに首を横に振《ふ》る。

「違《ちが》います。私、お慕《した》いしている方がいるんです」

その言葉に両親が驚《おどろ》くのはもちろん、エリネも目を丸くして立ち上がった。

「相手は誰？　変な人に騙《だま》されているんじゃ……」

「それは大丈夫です。でも、内密にしてくださいね。相手の方に伝える勇気がでなくて……今は私の片想《かたおも》いですから……」

「そ、それはわかったけど相手は!?」

「お姉様もご存知の方よ」

そう言われて、真っ先に思い浮かんだのがジェフリーである。

ジェフリーに助け出されてからというもの、ライカは騎士団の様子を見に行こうとし、そのたびにジェフリーがライカを迎《むか》えにきている。二人の接点は少しずつ増えていた。

「もしかして、ジェフリー？」

「はい。私、本気でジェフリー様が好きなのです。これまで私はお姉様に守られてきました。きっとこれからも守ろうとしてくださるのでしょう。でも、私はそれが嫌《いや》なのです」

また過保護にしてしまっただろうかとエリネは困惑した。しかしライカに怒《おこ》っている様子はない。穏《おだ》やかに微笑んでいる。

「お姉様には自分の幸せについて考えてほしいの。私ではなく、お姉様自身のやりたいことを考えて」

「私の幸せ……」

「そう。素直《すなお》になって自分の心に問いかけて。お姉様も、好きな人がいるのでは？」

自分の幸せについて考えたことは少ない。騎士団長だった頃《ころ》は、自分だけ幸せになってはいけないと思っていた。では今はどうだろう。過去に戻《もど》ってやり直した結果、エリネは大事なものを失っていない。幸せについて考え、負い目を抱《いだ》く必要はないのだ。

（私の……好きな人……）

そうやって考え、思いつくのは一人。

どんな時もそばにいて、つらい時は支えてくれて、危機が迫《せま》れば真っ先に駆《か》け付けてくれる愛《いと》しい者。

「ち、違う！　フラインはそんなんじゃ――」

顔を真っ赤にしたエリネが立ち上がり、ぶんぶんと手を振って否定する。

誰もフラインの名を告げていないというのに突然叫《とつぜんさけ》びだしたのだ。これが答えである。

ライカはくすくすと微笑んで見守っていた。

フラインは特別だ。誰よりも信頼《しんらい》し、大事にしている。他《ほか》の者なら揶揄《からか》われて押し倒されても冷静に対処できたのに、フラインの時だけは出来なかった。いつもの自分ではなくなるような、強い感情に動かされる。

（……これが、好き、なの？）

他者ならともかく、自分の恋愛《れんあい》となると、いまいちわからない。

顔を赤くしながら悶々《もんもん》と考えていたため、両親とライカの視線がエリネの後ろに向いていると気づかなかった。エリネがそれを知るのは肩《かた》を叩《たた》かれた後である。

「呼んだ？」

想像したばかりの相手が突然現れ、それも肩を叩いている。エリネは「ひっ」と短く声をあげ、顔を逸《そ》らした。

フラインは何事か知らぬ様子で首を傾《かし》げていたが、持っていた書状をエリネに渡《わた》す。

「これを届けにきたよ。我《われ》らが王が、もう一度エリネ・マクレディアに会いたいってさ」

それは三通目の、王宮からの書状である。

フェフニールに連れ去られてしまったため晩餐会《ばんさん》は敵《かな》わず、そのため王がもう一度エリネを呼んだ。刻限は本日の夜だったが、支度《したく》を終えるとフラインと共に王宮に向かう。

(フラインに会うのも久しぶりだ)

フラインとは話したいことがたくさんあった。けれど、フェフニールの件から忙《いそが》しく、会う機会はなかった。タイミングから考えて、王はそろそろ筆頭魔術士《まじゅつ》と新たな騎士《きし》団長を任命するだろう。そうなればフラインは筆頭魔術士になるはずだ。

「まだ時間あるから、僕の部屋においで」

来賓《らいひん》室に送り届けず、フラインはそう言った。

「聞きたいこと、たくさんあるでしょ？」

「そうする。フラインには色々言いたい」

フラインは軽く頷くと、エリネを連れて鼻歌交じりに歩いていく。行き先は、魔術士塔《とう》にあるフラインの研究室だ。

「じゃ、好きに座って。長椅子《ながいす》がオススメだよ」

「いやだ。また押し倒される」

「それは長椅子じゃなくても出来ちゃうんだなあ。リクエストに応《こた》えてあげようか？」

空いた椅子を選ぼうとしていたエリネだが、不穏《ふおん》な言葉が聞こえてきたためやめた。振り返ればフラインはニコニコと笑顔《えがお》である。長椅子でなくとも、とはどういうことか。想像するのも恐《おそ》ろしいため、諦《あきら》めて長椅子を選ぶ。

警戒《けいかい》して、長椅子の端《はし》を選んだのだが、フラインは当然のように隣《となり》に腰掛《こしか》けた。

距離《きょり》の近さに意識してしまいそうになるが、今日は真剣《しんけん》な話をすると決めた。エリネは短く息を吸いこみ、フラインに聞く。

「フラインも過去に戻ったんだね？」

「懐《なつ》かしいね。僕は筆頭魔術士で、君が騎士団長だった」

あっさりとフラインは認めた。

「君は騎士団長になって、騎士塔の執務室《しつむ》を与《あた》えられて……僕はよく遊びにいってたよね。副騎士団長のジェフリーに見つかると仕事しろってうるさくてさあ。そうそう、君は自分が死んだ理由がわかってる？」

「黒霧《こくむ》の禁術。確証はない。過去に戻るまでそういう禁術があると知らなかった」

過去に戻らなければ、知らぬままにエリネの人生は終わっていたはずだ。推測だったがこれは当たっていたらしく、フラインは頷《うなず》いてから語り出す。

「君はあの日、黒霧の禁術で襲《おそ》われて命を落とした。北部ガドナ地方に向かっていた僕は連絡《れんらく》を受けてすぐに引き返したけれど、間に合わなかった」

想定していたが聞くと恐ろしくなる。あの苦しみは禁じられた魔術によるもの。誰《だれ》かが命を代償《だいしょう》にして、エリネを殺したのだ。

「君は死んだ。でもそれは許せなかったから、僕たちは過去に戻ってきたんだよ」

「僕たち、って……フラインは最初から、過去に戻ってきた私を知ってたのね」

知らないと思っていたから、隠《かく》してきたのだ。それが無駄《むだ》な努力だった。口ぶりからして、フラインはエリネが過去に戻ってきたことを知っていたのである。手のひらで転がされていたようで悔《くや》しい。

「最初から言ってくれればよかったのに！」

「僕だってそのつもりだった。でも、君を見守るのが面白《おもしろ》くて」

どういう意味だ、とエリネが息を呑《の》む。フラインは静かに告げた。

「僕は、君が後悔《こうかい》していたのを知っている。十八歳に戻る選択《せんたく》をしたのは、君が後悔せず生きるためだ。きっと両親や妹を守るはずで、僕はそれを見守りたかった。まさか騎士団に入らず令嬢《れいじょう》になるなんて思わなかったし、縁談《えんだん》を受けると聞いた時は悩《なや》んだけどね」

「あれは破棄《はき》するつもりで受けただけ」

「だろうね。君の行動を追いかけていたからわかるよ」

フラインはエリネの髪《かみ》に触《ふ》れる。髪を撫《な》でる指先は優《やさ》しい動きをしていた。

「家族だけでなく騎士団の様子も見に行く君は、令嬢になっても変わらない。でも騎士の立場じゃないから、隙《すき》だらけで不安になる」

「私に隙があった？　鍛錬《たんれん》が足りてない？」

　フラインは驚いたように目を丸くし、それから「そういう意味じゃないよ」と苦笑いをしていた。彼はエリネの髪を手に取ると、そこに口づける。

「君が無理をして強がらなくなったから、僕がそばにいないと変な虫がついてしまうだろう。そういう隙が生じたんだよ」

「変な虫って……」

「本当はね、ゼボル侯爵《こうしゃく》の後に君が誰かとの縁談を受けそうになったら、そいつをとっちめようと思っていたんだ。全部、既《すで》に調査済みだよ。いつの間にか君宛の縁談は来なくなって、ライカのみになっただろう？　あれは僕が動いていたから」

　笑顔で恐ろしい話をするものだ。確かに不自然なほどぴったりと止まったのだが、まさかフラインが動いていたとは。ぞっとしたが、気になるのは動機である。なぜそこまでフラインは動いていたのか。

「どうして、そこまで私のために動いていたの？」

「どうしてだろうね。最初はただ見守るだけだったのに、近くにいれば手放せなくなっていく。でも、もう覚悟《かくご》を決めた。安心したから君を手放せる。君は過去に戻っても本質が変わらない。どこまでも真っ直《す》ぐで、強い」

　フラインはエリネの髪を手放し、天井《てんじょう》を見上げた。

　その横顔が悲しげに見えて、エリネは彼から目が離《はな》せなくなっていた。

「君は一人でもちゃんと生きていけるよ」

一人でも。その言葉が心に突《つ》き刺《さ》さった。まるでフラインがいなくなってしまうような物言いだ。

彼がどこかに消えてしまいそうな気がする。エリネは慌《あわ》てて告げる。

「手放すとか一人とか、そんなことを言わないで。私はフラインが――」

言いかけるも、その唇《くちびる》はフラインの人差し指によって塞《ふさ》がれた。

「死に戻《もど》りの禁術。その代償は重たいんだ」

微笑《ほほえ》んでいるフラインの体が、少しずつ傾《かたむ》いていく。唇に押し当てていた指先の力も失われ、だらりと手が落ちる。

「フライン⁉」

倒《たお》れこんできた彼の体を支える。しかし力は無く、弱々しく呼吸をするだけ。彼の体に、うっすらと黒い靄《もや》がかかっているのが見えた。

禁術の靄だ。フェフニールが黒霧の禁術を使った時と同じものである。

「まさか、死に戻りの禁術を使ったのはフライン？」

「そうだよ。君を……助けたかった」

「どうして」

「やだ……君の重荷に、なりたくないから……言わない」

彼の体を抱《だ》きしめる。額には汗《あせ》が浮《う》かび、顔色も悪くなっていた。

禁術は人の命を代償とする。もしかすると死に戻りの禁術も命を代償とするのかもしれない。エリネに死に戻りの禁術を施《ほどこ》したのはフラインだ。とするならば、彼の命は――。

「いやだ。フライン、死なないで」

失いたくない。ここまで、順調に未来を変えてきたのだ。

フラインが死んでしまうなんて絶対に嫌《いや》だ。彼がいない日々を想像できない。

エリネの視界が滲《にじ》んだ。感情が溢《あふ》れて、泣きそうになる。唇を噛《か》みしめて涙《なみだ》を堪《こら》えようとしたが、震《ふる》えながら冷えた指先が唇をなぞる。

「君は……後悔を背負わず、自由に生きられる。心を殺さなくていいんだ」

フラインが弱々しく微笑む。

「あの日、君に声をかけたかった。涙を拭《ぬぐ》って、抱きしめたかった。泣いてもいいと伝えたくて……できなかった」

彼が語る『あの日』とは、エリネが騎士になったばかりの時だ。両親とライカを失い泣いていたのが、最後にエリネが泣いた日だった。誰にも知られていないと思っていたが、フラインは見ていたのかもしれない。

「ずっと悔《く》やんでいたから……言えてよかった」

唇をなぞった後、その指がエリネの頬《ほお》に触れた。涙を流してもいいと告げるように優しい指先だ。

今だって、泣きそうになる。けれど涙を流すのは怖《こわ》かった。まばたき一つしてしまえば、その間にフラインは消えてしまうのではないのか。その恐《おそ》れから、エリネは滲んだ視界から涙がこぼれ落ちないように堪えている。

それにフラインも気づいたのだろうか。彼の指先がエリネの眦《まなじり》に伸《の》びる。

「でも……僕が、君を泣かせるのは……いやだな……」

ウィスタリア色の瞳《ひとみ》は今にも閉ざされそうなほど力がなく、けれどエリネを愛《いと》おしげに見つめていた。

「エリネ、自由に……なって……君のやりたいことを……」

続きは、聞こえなかった。

彼の手がだらりと落ちる。ついに意識を失ったのだろう。

「フライン！　起きて！　お願い！」

彼の体を抱きしめ、何度も声をかける。それでもフラインは目を醒《さ》ます様子がなかった。

「フラインの馬鹿《ばか》。なんで……もっと早く教えてくれれば……」

泣きたくなるほど感情が込み上げ、けれど押しとどめる。

(違《ちが》う。まだ諦《あきら》めちゃいけない)

涙を流すのは、手を尽《つ》くした時だ。

（私のやりたいこと。自由になった私が、願うこと）

エリネはフラインの手を取る。弱々しいが、まだ脈はある。

（絶対に諦めない。フラインを助けたい。それが私のやりたいこと）

まだ、泣いて諦める時ではない。エリネはフラインを横抱《よこだ》きに抱《かか》えて立ち上がる。自分より背丈《せたけ》の高い男を軽々と抱きかかえるなど、令嬢にはあるまじき行為《こうい》だろう。もしも彼が意識を保っていたのなら「やめて」と叫《さけ》びそうな格好だ。

しかし今は構わない。騎士《きし》だろうが令嬢だろうが、どんな立場でもエリネの心には一つ。

（絶対にフラインを助ける！）


医務室に、魔術士《まじゅつし》が集められた。ミリタニア王やジェフリーも駆《か》け付けている。

「どうだ、助かりそうか？」

ミリタニア王が声をかける。魔術士らはベッドに横たわるフラインに手をかざし、皆《みな》で治癒《ちゆ》魔術を使っていた。それでも彼らの表情は暗い。

「結論から言って、厳しいでしょう」

一人の魔術士が、フラインの喉《のど》に手をかざす。すると黒い靄のようなものが見えた。

「フライン殿《どの》は、有事に備えるべく、禁術を見破る術やその対策について我々《われわれ》に教えてくださいました。魔術を使って黒い靄が見えるのは、その者が禁術によって害されている証《しょう》拠《こ》。フライン殿を襲《おそ》っているのは何らかの禁術でしょう」

それを聞き、ミリタニア王がため息をつく。

エリネはミリタニア王に問う。

「王も、禁術をご存じだったのですね」

「あれは代々王家に伝えられ、危険なものであるから王家書庫で守ってきた。だがフラインが、禁術から身を守る術《すべ》を探《さぐ》るべきだと語っていた。彼を信じ、禁術より身を守る研究を許可してきた」

実際に、フラインは禁術を打ち返す術を身につけている。フェフニールが黒霧《こくむ》の禁術を使った時、フラインはそれを跳《は》ね返してみせた。

(部屋に禁術の書が置いてあったのは、防衛する術を生み出すためだろうな……)

ずきりと胸が痛む。きっとフラインは、過去に戻ってから今日まで、禁術への対策を探り続けてきたのだ。それは、騎士団長であったエリネが黒霧の禁術で命を落としたためかもしれない。

「フライン殿が開発した防衛魔術は継承《けいしょう》しています。他《ほか》の魔術士らには伝えず、一部の者だけ教えていただきました」

一人の魔術士が言った。

以前、フラインが魔術士らを連れ、森に向かっていたのをエリネは知っている。わざわざ騎士団駐屯地《ちゅうとんち》を抜《ぬ》けて森を選ぶのはどうしてかと疑問を抱《いだ》いていたが、開発したての防衛魔術を伝えるためだったのだ。

「ですが、それは対象者が襲われる前に跳ね返すもの。禁術によって倒れてしまった者を助ける術はまだ見つかっていません。このまま治癒魔術を使い続けて、命を保ったとしても、目を醒ます見込みは……禁術を解く術はありません」

「ふむ。ゼボル侯爵《こうしゃく》とノース伯爵令嬢《はくしゃくれいじょう》のようにか」

「おそらくはそのようになるかと。彼らは黒霧の禁術とわかっていますが……これはそれよりも強い。別の禁術によるものと思われます」

フラインは、死に戻りの禁術を使った。しかしその名称《めいしょう》が出てこないことから、ここにいる魔術士やミリタニア王はその存在を知らないようだ。

禁術の書の閲覧《えつらん》を許されたのはフラインのみであり、魔術士らはフラインより防衛魔術を教わっただけ。ミリタニア王は王家書庫に立ち入れるものの、魔術はそこまで得意ではなく、書を読み解けなかったのだろう。

「最近のフラインは、おかしいところがあった」

ミリタニア王が呟《つぶや》く。

「筆頭魔術士にならぬかと声をかけたが、フラインは頑《かたく》なに拒否《きょひ》していた。今思えば、こうして倒れる未来を予期していたのかもしれん」

時期としては、新たな騎士団長と筆頭魔術士を任命する頃《ころ》である。フラインは自らの命がわずかと知り、国のために他の者を推《お》したのだろう。

(そんな風には見えないくせに、責任感があるから)

誰《だれ》にも語らず、エリネに気づかれぬよう隠《かく》して、一人で背負い込んでいたのだ。後進を育て、魔術を教えたのも、先回りした結果だろう。

腹が立つ。知れば知るほど、絶対に助けたいと思ってしまう。

「私、フラインの研究室に入りたいです。ヒントがあるかもしれません」

エリネはミリタニア王に告げる。研究室には、フラインが読みかけだった禁術の書があるはずだ。もう一度、それを読みたい。

突然《とつぜん》の申し出にミリタニア王はしばし考えていたが、大きく頷《うなず》くとジェフリーを呼んだ。

「ジェフリー。万が一のことがあるかもしれぬ、お前はエリネ嬢《じょう》に付き添《そ》ってくれ」

「わかりました」

「フラインと親しかったエリネ嬢であれば何かを得られるかもしれない。わかったらすぐに教えてほしい。頼《たの》むぞ」

礼をしてから、二人は医務室を出て、フラインの研究室へと向かった。

主《あるじ》のいない研究室は少し寂《さび》しい。開いたままの書などはあるが、ほとんどは片付けられていた。自らに許された時間がわずかと知ったフラインは、残される魔術士のために動いていたのだろう。

「エリネ嬢。調べるあてはあるのですか」

「……禁術の書が、ここにあるはず」

ミリタニア王により閲覧を許され、研究室に置いてあった禁術の書。

フェフニールが禁術を使ったのは、王家書庫にあった一冊を持ち出して天魔座の隠れ家に置き、それを解析《かいせき》したためだろう。残る書をフラインが持ち出していたと考えられる。

考えた通り、書はフラインの研究室に残っていた。エリネは手に取り、読み進める。フラインの研究室にある書は、天魔座の隠れ家で見た紙よりも詳《くわ》しく書いてある。フェフニールが持ち出す前にフラインがここに運んだようだ。

（あった。死に戻《もど》りの禁術……！）

ページをめくる指が止まった。

死に戻りの禁術とは、時間や命の理《ことわり》をねじ曲げる強い魔術。多くの者を巻きこんで発動するそれは、禁術の中でも最も代償《だいしょう》を必要とする。多くの魔力を捧《ささ》げなければならず、扱《あつか》えるのは強い魔力を持って生まれた魔術士のみである。

（……フラインは、ミリタニアの歴史でも類を見ないほど強い魔力を持っていた。フラインならばこの魔術を使えたのか）

死に戻りの禁術をかけたい死者に魔力を送りこむ。そしていつまで時間を戻すのか選ぶ。

フラインは、死んだエリネにこの魔術を使い、十八歳に戻す選択《せんたく》をしたのだ。

(術者は、どうなる)

緊張《きんちょう》から、息を呑《の》んで読み耽《ふけ》っていた。

死に戻りの禁術を使う代償は、術者の命である。しかしすぐに命を落とすのではなく、死に戻りの禁術が発動したのを確かめた後に、命を落とす。魔術発動の観測から一年後と書かれていた。

(だから私だけでなく、フラインも過去に戻ってきていた。そして私が十八歳に戻った後、フラインが倒《たお》れるまでの時間も合っている)

やはりこの魔術が原因だ。しかし、エリネが求めているのはフラインを助ける術である。

(他に、ないだろうか)

焦《あせ》り、他のページをめくる。

(絶対にフラインを助けたいのに)

そこでふと、見覚えのある絵が目に入った。エリネの指が止まる。

『命を捧げずとも禁術を使う術』

『禁術と同じく理をねじ曲げる力を持つ。それは欠片《かけら》であったとしても、禁術の代償として充分《じゅうぶん》な魔力を秘《ひ》めている。死に戻りの禁術が要求する魔力量は膨大《ぼうだい》だが、同等の魔力を有している可能性がある』

エリネの瞳《ひとみ》が、光を摑《つか》んだ。

書を抱《かか》えたまま、エリネは廊下《ろうか》を走る。そして王座の間に入ると、医務室より戻っていた王の前に膝《ひざ》をつく。

「お願いがあります！」

エリネの声が広い王座の間に響《ひび》いた。

「私を、今すぐ聖洞《せいどう》に入らせてください」

「エリネ嬢が聖洞に？　何のためだ」

「霄聖石《しょうせいせき》を手に入れるためです」

かつて騎士《きし》だったエリネは騎士巡礼《きしじゅんれい》で聖洞に入り、奥にある隠し扉《とびら》をたたき壊《こわ》して、この石を見つけている。妙《みょう》な力を感じたために持ち帰らず、その後フラインに報告して、これが霄聖石と知った。

「禁術の代償として用いるのは人の命。ですが、霄聖石は強大な魔力を秘め、禁術を打ち払《はら》うことも、代償として用いることもできるそうです」

「霄聖石……ふむ。初めて聞く名だ」

「そのはずです。この石は聖洞の奥に隠されているのですから。聖洞に魔力を持つ者は入れず、入れるのは騎士のみ。でも騎士の多くは魔術に興味がなく、この石が秘める力を知らない。その守られた環境《かんきょう》だからこそ、霄聖石は内なる魔力を育て続けています」

騎士が霄聖石を手に入れたとしても、ただの綺麗《きれい》な石と思うだろう。この石の秘める力を知る魔術士は、聖洞に入れないため霄聖石を手に入れられない。

騎士と魔術士が手を合わせなければ、この石を使えないのだ。

しかしミリタニア王は渋《しぶ》っていた。

「聖洞に立ち入れるのは騎士のみと決まっている。エリネ嬢ではなく騎士団を——」

「私が行きます！　自信はあります。仕掛《しか》け扉だって壊せます！」

「そなたは何を言っている。騎士ではないだろう」

ミリタニア王はエリネの武勇を知らず、少し背が高いだけのか弱い令嬢《れいじょう》と思っている。

しかしジェフリーや騎士らに石の場所を伝えても、あの仕掛け扉を開けられるかわからない。エリネ自身が行くのが一番である。

「私はフラインを助けたい」

「気持ちはわかるが、ただの令嬢が関《かか》わるものではない。騎士団に任せてほしい」

それでもエリネは首を横に振《ふ》る。諦《あきら》めたくない。強い意志を持って、叫《さけ》ぶ。

「諦めません。私は、フラインが好きだから！」

「……ほう？」

「フラインに好きだって言ってない。だから絶対に助ける。私を聖洞に入らせてください！」

　これを聞き、王は再び考えこんでしまった。エリネも引かず、ぐっと拳《こぶし》を握《にぎ》りしめて、王の言葉を待つ。

　だが聞こえてきたのはミリタニア王の声ではなかった。

「我々《われわれ》からもお願いいたします」

　背後から聞こえてきたのは多くの足音と、ジェフリーの声。

　振り返ればジェフリーをはじめ、騎士団の皆《みな》が膝をついていた。

「エリネ嬢の強さは我々が認めます。騎士と同等の勇気を持っている方です」

　ジェフリーが言う。すると後ろにいた騎士らも声をあげた。

「王！　お願いします！　不安なら俺たちがエリネ嬢を守りますぜ」

「俺たちじゃ、エリネ嬢の足手まといになりそうだけどな」

「フライン殿《どの》はいけ好かないやつだけど、皆で行こう！」

　次々に騎士らが声をあげたため、王座の間は騒《さわ》がしくなる。

　王は額に手を当てて、黙《もく》したまま彼らの話を聞いていた。しかし急に立ち上がり、エリネに向かって歩いてくる。

「エリネ嬢。手を見せてほしい」

「私の手……でしょうか」

どういうことだ、と困惑《こんわく》しながらも、エリネは手のひらを見せる。

すると、突然《とつぜん》ミリタニア王は腹を抱えて笑い出した。

「はっはっは……ははは、なるほど。私の目は老いていたらしい」

「え？」

王は笑ったまま、エリネに手をあげる。もう手のひらを見せなくてもよいと合図を出したのだ。

「騎士やフラインがそなたを気にかける理由がわからず、事件が起きるたびにそなたの名を聞くのを疑問に思っていた。だが、そういうことか。そのドレスが、逸材《いつざい》を隠《かく》していたのかもしれぬな」

エリネは改めて自分の手のひらを見る。騎士団長の時よりも傷はなく、十代に戻ったのでぷるぷるの肌《はだ》だと思っている。

しかしそう思っているのはエリネだけで、肉刺《まめ》が潰《つぶ》れて硬《かた》くなった手のひらや剣《けん》を握った跡《あと》のくぼみなどは令嬢らしくない。エリネは自分が騎士団長だった時のもっと傷だらけの手を知っているが故《ゆえ》に、これを綺麗な手だと認識《にんしき》していたのだ。

ミリタニア王は剣派の支持を得た王であり、剣術の心得がある。そのため、エリネの手のひらから、彼女が積み上げていた努力の跡を知ったのだ。

「許可する。エリネ嬢とミリタニア騎士団よ。聖洞に向かい、霄聖石を手に入れるのだ」

王が告げた。エリネだけでなく、騎士らもわあっと歓声《かんせい》をあげる。

「ありがとうございます。それでは早速《さっそく》向かいます！」

「騎士団、魔術士らの信を得ているそなたを信じている。必ず石を手に入れ、フラインを助けてやってくれ」

「はい！」

急ぎ王座の間を出て、騎士塔《きしとう》に向かう。魔術ゴーレムは現れないだろうが、念を入れて支度《したく》をするに限る。エリネは彼らに頼《たの》み、騎士団員の制服一式を借りた。

カッパーレッドの鮮《あざ》やかな制服。袖《そで》を通すのは久しぶりで、懐《なつ》かしい。令嬢として過ごしている間に、この制服を着ることになろうとは。

今回は魔術士の帯同がないため早駆《はやが》けの魔術はなく、馬での移動となる。馬も借りる必要があった。

「この厩舎《きゅうしゃ》にいるのは乗り手が決まっていない馬ですから、どれでも構いません。この馬であればエリネ嬢でも乗れるかと思いますが――」

ジェフリーは、近くにいた青鹿毛《あおかげ》の馬を指で示したが、エリネは首を横に振った。

「私は、あの馬がいい」

そう言って、エリネは一番奥にいた白毛の馬に向かう。皆の表情が青ざめた。

「お待ちください！　それは、気性《きしょう》が荒《あら》いので誰《だれ》も乗りこなせないじゃじゃ馬です」

珍《めずら》しい白毛の馬だが、性格は難しい。乗ろうとすれば、暴れたり振り落としたり蹴《け》ったりと散々なものである。騎士は誰も乗りこなせずにいたのだ。

エリネは臆《おく》さず、その馬の額を撫《な》でる。

「そんなことをすれば蹴られ——」

今にも蹴られるのではないかとジェフリーは目を瞑《つむ》っていたが、エリネは自信があった。なにせこの馬は、騎士時代に自分が可愛《かわい》がっていた愛馬である。

「ディアファーレ、元気にしてる？」

ディアファーレは不機嫌《ふきげん》そうにしていたが、どこを撫でられるのを好むのかは熟知している。あっという間に大人しく撫でられ、それどころか喜んでいるような仕草をしていた。

手のつけようがないじゃじゃ馬をエリネがあっさりと手懐《てなず》けたのだから、騎士の皆は呆《ぼう》然《ぜん》としている。

「じゃあ皆、聖洞に行こう！」

騎士の先頭に立つのは、白馬ディアファーレを乗りこなすエリネだ。

高く結い上げた金の髪《かみ》が風になびく。かつて騎士団長であった頃《ころ》と同じ装《よそお》いをし、愛馬に跨《また》がっている今、恐《おそ》れるものは何もなかった。

聖洞に向かい、霄聖石を手に入れるまでは容易だった。一度経験しているため迷いはなく、全《すべ》て順調である。特にエリネが仕掛け扉《とびら》を叩《たた》き壊《こわ》す時は皆が悲鳴をあげて怯《おび》えていた。

そうしてエリネの手元には、ぼんやりと紫色《むらさきいろ》に光る石がある。霄聖石《しょうせいせき》だ。六角柱の結《けっ》晶《しょう》たちが融合《ゆうごう》したような見た目をし、小ぶりながらも手にすればずっしりと重たい。透《す》き通っているように見え、中にはほのかな紫の光が揺《ゆ》れている。

以前に見たものと同じだ。これが霄聖石で間違《まちが》いないだろう。だというのにエリネの心は急《せ》いている。大事なものを見落としている気がして落ち着かない。

(この石の特徴《とくちょう》を少し話しただけで、フラインは霄聖石だと気づいていた。ここにあるとフラインも知っていたはず)

禁術について調べていたフラインならば、この石が持つ力についても知っていただろう。豊富な知識量を持つ彼だからこそ、疑念が生じていた。

(どうして教えてくれなかったのだろう)

彼は霄聖石の隠し場所を知っていた。騎士《きし》でなければ手に入れられない場所にあるのなら、エリネやジェフリーに依頼《いらい》をすればいい。だというのに、フラインはそれをしなかった。エリネを信じていると言いながら、語らなかったのだ。

フラインが口を閉《と》ざした理由が、まだあるのではないか。

疑念を抱《かか》えたまま、エリネらは王宮に戻《もど》る。真っ先に医務室に向かうと、フラインのそばにいた魔術士《まじゅつ》がこちらに駆け寄ってきた。

「エリネ嬢、お待ちしていました」

「フラインの様子は？」

「……悪化しています」

エリネが出て行く前よりも魔術士の数が増えた。彼らはフラインに手を翳《かざ》し、治癒魔術《ちゆまじゅつ》を使い続けている。

「どれだけ治癒魔術を使っても、フライン殿の生命力が弱っていく。黒霧《こくむ》の禁術を受けた者なら維持《いじ》状態に移行するはずが、これでは……」

フラインの場合は、死に戻りの禁術による代償《だいしょう》だ。黒霧の禁術よりも重く、術者の命を奪《うば》うまで止《や》まないのかもしれない。

「霄聖石を持ってきた。だからフラインも助かるはず」

「ほ、本当に持ってきたのですか!?」

魔術士はエリネが持つ霄聖石をじっと覗《のぞ》きこんだ。この石が気になるのか他《ほか》の魔術士もちらちらと石の様子を眺《なが》めている。

「確かに。これは魔術士が憧《あこが》れる幻《まぼろし》の石こと霄聖石。エリネ嬢が持ってきた石と特徴が一致《いっち》している」

「じゃあ、これを――」

だが、魔術士はさっと顔を逸《そ》らしてしまった。

「……その、申し上げにくいのですが」

「え？」

「幻の石と呼ばれる霄聖石を手に入れたのは、我が国の歴史上、エリネ嬢だけなのです」

これまで魔術士は誰も、この石を手に入れられなかった。つまり、使用した前例がない。

魔術士は開いたままの禁術の書を持っていた。ページには霄聖石の絵が描《か》いてある。エリネが持ち帰ってくると信じ、戻るまでに書を読み解いていたのだろう。だが、彼らの表情は晴れない。

「その石に膨大《ぼうだい》な魔力が秘《ひ》められているのは間違いありません。ですが、それを解き放った時に何が起きるのかはわからず、書にも記されているのは憶測《おくそく》ばかり。本当にフライン殿《どの》を助けられるとは限らないのです」

書でも霄聖石については伝承のように書かれ、具体的な術は書かれていない。

魔術士の言わんとしていることはじゅうぶんに伝わっている。これは賭《か》けだ。

エリネはもう一度、フラインの様子を確かめる。魔術士の治癒魔術がなければいつ命を落とすかもわからない危険な状況《じょうきょう》だ。

「でも、これ以外にフラインを助ける術《すべ》はない。そうでしょう？」

「仰《おっしゃ》る通りです。治癒魔術を使っても悪化するばかり。これではいつ、命が失われるか」

「じゃあ、この石に賭ける。前例がないとしても、フラインが助かるかもしれない」

どうしてもフラインを助けたい。

過去に戻り、全ての後悔《こうかい》を晴らしたというのに、フラインを失っては何も変わらない。

エリネは臆さず、フラインのそばに寄る。

そして、彼の手のひらに霄聖石を置いた。だが霄聖石を置いても様子は変わらない。何か、この石を使うための条件があるのだ。

(どのようにすれば、この石が発動するのだろう。思い返せ、きっとヒントがあるはず)

エリネは深く目を閉じ、これまでを思い出していく。

『今の君じゃ、あの石を使えない』

霄聖石を見つけた時、フラインはそう話していた。今の君という言葉に引っかかるものがある。

今のエリネがその条件を満たしたのかはわからない。だが変化はたくさんある。

(フラインが私を十八歳に戻したのは……私が後悔をしないため)

大事なものを失い、剣《けん》に身を捧《ささ》げてきたのだ。『堅氷《けんぴょう》の番犬』の異名が相応《ふさわ》しいほど、心を凍《こお》らせていた。それが死に戻りの禁術によって変わった。エリネは後悔を背負わず、心を凍らせることもなくなった。

過去に縛《しば》られず、自由に生きてほしい。

それが、死に戻りの禁術に託《たく》したフラインの願い。

エリネは瞼《まぶた》を開いた。フラインも霄聖石の様子も変わらない。

「……ずるい」

死に戻りの禁術について話してくれなかったのは、この代償のせいだ。

エリネが気にせず好きに動けるように黙《だま》っていたのだ。フラインがずるくて、苛立《いらだ》つ。

「こんな別れなんて、許さない」

どんな立場でも寄り添《そ》い続けてくれた彼にお礼を言って、好きだと告げたかった。それを伝えれば、フラインはどんな反応をしただろう。

だが霄聖石は変わらず動かない。無力なエリネを嘲笑《あざわら》うかのように。

フラインの喉《のど》に絡《から》みつく黒いものが、ぐるりと動いた。

それは次第《しだい》に広がっていく。治癒魔術を使っていた魔術士らの顔に焦《あせ》りが滲《にじ》む。

「まずい、フライン殿が！」

「魔術士が足りない！」

「エリネ嬢《じょう》、離《はな》れてください！」

魔術士らがエリネを引き剝《は》がそうと試みるも、エリネはその手を振《ふ》り払《はら》って拒《こば》んだ。

「いやだ！　フラインのそばを離れない」

何度も「エリネ嬢！」と叫《さけ》ぶ声がする。緊迫《きんぱく》した空気から事態の悪化がいやというほど伝わってくる。それでも、エリネはフラインのそばを離れようとはしなかった。

「霄聖石は手に入れた！　きっと何か、フラインを助ける方法がある！」

絶対に諦《あきら》めたくない。

ここで彼から離れてしまえば、全てが終わってしまう気がした。

「フライン。どうして」

魔術士らの騒《さわ》ぎに目もくれず、エリネは一心不乱に語りかける。フラインの双眸《そうぼう》は閉じたままだが、この声が届くと信じていた。

「私だけを残さないで」

死んだはずのエリネが、今ここにいる。

それはフラインの願いから生じた奇跡《きせき》のため。

だというのに、フラインを失うのなら、この奇跡は意味がない。

「離れていかないで。私を置いていかないで」

瞳《ひとみ》がじりじりと熱く、まばたきのたびに視界が揺らぐ。

感情は激流のようにせり上がって、溢《あふ》れそうになるのを堪《こら》える余裕《よゆう》はなかった。

「フライン、お願い。一人にしないで」

滲んだ視界に、まばたきをもう一度。

その弾《はず》みで、溜《た》まった感情は眦《まなじり》からこぼれ落ちる。

「だって、私はフラインが——」

好きだ。告げようとしたその言葉と共に、涙《なみだ》が頬《ほお》を滑《すべ》り、落ちた。

瞬間《しゅんかん》——ぴし、と何かが割れるような音が聞こえた。

「……え？」

空気が一変した。

破裂音《はれつ》に瞳を開けば、視界に飛びこんだのは紫色《むらさきいろ》の光だった。フラインの手に握《にぎ》らせた霄聖石《しょうせいせき》に無数の罅《ひび》が入り、ゆらゆらと光を放っていた。先ほどまでの静かな石とは異なる様相をしている。

さらに、慌《あわ》ただしい魔術士らの声も、治癒魔術の音も消えていた。だが魔術士らが消えたわけではない。彼らはフラインに手を翳したり、駆《か》け寄ったりとしているのだが、凍りついたように動きが止まっていた。

「今のは……皆《みな》はどうして」

無音の間にエリネの声が響《ひび》く。この不思議な状況でエリネだけは動けるようだった。あたりを見回し、手も動かせる。

皆が動きを止め、音も聞こえない。まるで時間が止まったかのように。

「フラインは!?」

慌ててフラインの様子を確かめようとし——エリネは息を呑《の》んだ。

フラインのそばに、黒い人影《ひとかげ》が見えた。黒煙《こくえん》が集まって人の形を模し、まるで影のようである。その黒影《こくえい》は、ローブを纏《まと》ったフラインの姿に似ているような気がしたが、黒影の中は黒い煙《けむり》がぐるぐると渦巻《うずま》くのみで一切《いっさい》の感情が伝わってこない。

それよりもエリネが驚《おどろ》いたのは、黒影がフラインの喉に手をかけていたことだ。煙が蠢《うごめ》く両の手は、フラインの喉をぎりぎりと絞《し》め上げている。

(喉……もしかすると、フラインの喉にあった黒い靄《もや》みたいなものはこれ？)

黒影は、黒い靄と同じ雰囲気《ふんいき》を纏《まと》っていた。だがフラインなどが魔力を使わない限り、エリネは視認《しにん》できなかったはずだ。今ははっきりと見えている。その疑問を解くように、視界の端《はし》で霄聖石が輝《かがや》いた。

(霄聖石の魔力が解き放たれて見えるようになったのかもしれない。これがフラインの命を奪《うば》おうとしている？)

フラインの姿を模しているのは、死に戻《もど》りの禁術を使った術者がフラインであるためだろう。だから代償《だいしょう》であるフラインの命を求めて、彼の首に手をかけているのだ。

(なら、話は早い。あれを引き剝がせばいい)

エリネは腰《こし》に佩《は》いた剣の柄《つか》に手をかける。

すると、殺気を察した黒影が反応した。こちらを振り返ったかと思うと、黒影は細かな粒《つぶ》になって霧散《むさん》する。

エリネの前方に黒い粒が集まり、再び人の形を模す。黒影の中の煙は先ほどよりも激しく蠢き、その様は警戒《けいかい》しているようでもあった。

　これまで様々なものと剣を交《か》わしてきたが、これほど不気味でおぞましい敵はいなかった。しかし、ここで戦わなければ、この黒影は再びフラインのもとに戻り、その喉を絞め上げようとするのだろう。

　エリネは剣をするりと引き抜《ぬ》き、大きく踏《ふ》みこむ。そして、黒影に斬《き》りかかった。

（――感触《かんしょく》は、ない）

　剣は黒影を捉《とら》えていたが、手応《てごた》えは感じられない。黒影は剣を飲みこむ直前で霧散し、逃《に》げてしまった。

　エリネを嘲笑うかのように、後方に集まっていく。

　しかし、じっくりと観察する間はなかった。黒影の手がこちらに向いたと同時に、指先から黒い粒が放たれる。

「っ……速い！」

　身を翻《ひるがえ》して避《よ》けたものの、完全にかわしきれず騎士《きし》団制服のマントに当たってしまった。黒い粒が触《ふ》れたところは、一瞬《いっしゅん》にして黒くなり、ぱらぱらと崩《くず》れ落ちていく。

（触れてはだめ、か）

　まるで燃え落ちたかのように焦《こ》げ臭《くさ》い。エリネは顔を顰《しか》めながらも考える。黒影に斬りかかった剣に変わった様子はないが、黒い粒に触れるのは危険だろう。マントが簡単に焦げ落ちてしまったのだ、エリネが触れたらどうなるかわからない。

慎重《しんちょう》に追い払わなければいけない。エリネは剣《けん》を握りしめなおす。

そしてもう一度、斬りかかろうとした時である。

「……逃げろ」

声が聞こえた。視線だけを動かすと、ウィスタリア色の瞳がこちらに向いていた。

「フライン⁉　目が醒《さ》めたの⁉」

一瞬、剣を手放したくなるほどの喜びが込み上げた。あれほど目醒めを願っていた彼が、今は瞼を開いてこちらを見つめている。しかし、苦しげな呼吸や弱々しい声音《こわね》が浮《うわ》つきかけた心を現実に引き戻す。

「それは……君が、敵《かな》う相手じゃ、ない」

「……フラインは、この黒影の正体を知っているんだね」

黒影の正体はわからないが、一つだけ確かなことがある。

黒影が離れると、フラインが目を醒ました。

そうなれば、エリネの取るべき行動は決まっている。

「逃げないよ。絶対にフラインを助ける」

「君は馬鹿《ばか》なの……？　こんな時に、物理で解決できるわけ、ないでしょ……」

「でも物理以外の解決方法を知らないから」

エリネはこの機会を嬉《うれ》しいと感じていた。フラインを救えるかもしれない、一縷《いちる》の希望があると思えば、力が湧《わ》いてくる。

エリネは再び斬りかかる。しかし、黒影は再び霧散した。

（また背後にくるはず――！）

黒影の行動を予測し、エリネは回避《かいひ》動作に入る。

一度、黒影の動きを見ている。どのような速度で襲《おそ》いかかってくるのか先ほど学んでいる。身を翻そうとした時、視界の端に黒い粒が見えた。

「エリネ！」

悲痛な叫《さけ》びが響く。その声に弾《はじ》かれるようにして、エリネは左方に転がり込んだ。先ほどと同じ動きで躱《かわ》していれば、黒い粒はエリネの体に触《ふ》れていただろう。

（動きが、速くなった？）

一度目よりも俊敏《しゅんびん》な動きである。黒影の動きも、その手から溢れ出るように放たれた黒い粒も、一度目の速度を上回っていた。

人間や魔術《まじゅつ》生物を相手にする時、長く戦っていると相手は速度を欠いていく。体力や魔力が少しずつ失われていくからだ。しかし、黒影は違《ちが》う。急に、異常なほど速くなった。

エリネは短く息を吐《は》く。混乱しそうな頭に、酸素を送りこんで考える。

（冷静であれ。状況《じょうきょう》を掌握《しょうあく》しろ。あれほど騎士として学んできたのに）

騎士に求められるのは身体能力《しんたい》だけではない。状況を速《すみ》やかに見極《みきわ》め、判断を下す。些《さ》細《さい》な変化にも気づける観察眼が重要だ。剣をやみくもに振《ふ》りかざすのではなく、相手の動きから考える。

(黒影の速度が急激に増した。何か理由があるはず。考えろ。冷静になるんだ)

二度目の攻撃《こうげき》を避けた時に触れてしまったのか、制服の袖《そで》が黒く焦げ落ちていった。焦げた跡《あと》から肌《はだ》が見えている。エリネはそれに構わず、黒影の動きを注視していた。

「エリネ。もういい。諦《あきら》めてくれ」

フラインの声が聞こえた。それでもエリネは前を向いていた。

「でも！　もう後悔《こうかい》したくない！　ここで諦めれば、フラインの死を背負って生きて、後悔して、また同じ人生になる」

「エリネ……」

「私は、フラインに言いたいことがある。だから、戦う！」

ここまで来て、諦められるわけがない。

エリネは剣をぐっと強く握りしめる。

その覚悟《かくご》が伝わったのか、聞こえたのはフラインのため息だった。

「……わかったよ」

呆《あき》れ果てたような声音。そして彼は黒影の中心を指で示した。

「黒影《こくえい》は禁術によって生み出される魔力の集合体だ。だから、魔力を用いなければ視認できない、実体のないものだ」

　ぽつぽつとフラインが語りだす。諦めないエリネに根負けしたのだろう。逃げろと忠告するよりもこの場を切り抜ける術《すべ》を考えた方がよいと判断したのかもしれない。

「黒影は禁術の代償を求めるため存在している。代償というのは、禁術のために捧《ささ》げた僕の命だね」

「それで、黒影はフラインのそばにいたの？」

「そう。けれど、黒影は僕から離《はな》れて、君と戦っている。おかしなことが起きているんだ。こうして離れてくれたから、君と会話が出来ているけど」

　エリネの推測通り、黒影がフラインを苦しめていたのだ。

　そうなれば、と黒影を睨《にら》みつける。しかし思惑《おもわく》を見抜いたようにフラインが続けた。

「倒《たお》せば解決って話ではないよ。このまま戦っても、その黒影は力を増すばかりだ」

「力を増す？　どうして」

「おそらくは異常なほど魔力に満ちているこの空間——原因はこれじゃない？」

　フラインの視線が落ち、霄聖石《しょうせいせき》に向く。割れた霄聖石の中は、変わらず紫色《むらさきいろ》の輝きを湛《たた》えている。

「霄聖石に秘《ひ》められた魔力は膨大《ぼうだい》で、命よりも甘美なのかもしれないね。だから黒影は僕から離れても姿を保ち、それどころか力を増していく。この空間にある魔力を吸い続けているから」

「つまり――」

霄聖石を叩《たた》き壊《こわ》せばよいのか、と告げようとし、けれど言い終えることはできなかった。黒影が先に動き、エリネに手を向ける。

フラインの推測通り、黒影の速度は増していく。今までよりも速い速度で、黒い粒《つぶ》が放たれた。エリネは剣で黒い粒を受け、その隙《すき》に避ける。

何度も黒い粒を払《はら》ったからか、金属で作られた剣にも影響《えいきょう》が出始めていた。じゅるじゅると溶《と》けていくような音がする。次に浴びれば、この剣は折れてしまうかもしれない。

しかし悲嘆《ひたん》はなかった。エリネはにっと笑《え》みを浮《う》かべる。光が見えている。

「……喋《しゃべ》りすぎた。疲《つか》れたよ」

はあ、とフラインが長く息を吐いた。目が醒めただけで、衰弱《すいじゃく》していた体が元に戻《もど》ったわけではないのだ。

「あとは任せて」

「じゃあ、待っているよ。僕を助けてくれるんでしょ?」

黒影が動いた。エリネは予測し、先手を打って攻撃を避ける。

しかし剣で振り払わない。この剣が向く先は黒影ではない。

霄聖石が与《あた》えてくれたこの場面が奇跡《きせき》だとするなら、あとは望む未来を摑《つか》み取るだけ。

絶対に諦めない。フラインを助ける。

「もう、後悔したくない！」

その叫びと共に、剣を振り下ろす。

切っ先は霄聖石を捉《とら》えていた。強く力を込めると霄聖石の罅《ひび》が増えていく。石と剣がぶつかり軋《きし》む音は悲鳴のようで――ついに壊れた。

視界を走るは折れた刀身。エリネの剣が折れてしまったのだ。

いや、それだけではない。

きらきらと、光る破片。宙を舞《ま》うのは砕《くだ》け散った霄聖石の欠片《かけら》だ。

目を開けていられないほどに強い光が、あたりを包みこむ。

眩《まばゆ》さに目を閉じようとする寸前、エリネは剣を捨て、フラインの手を摑んだ。

間章　騎士団長が眠りについた日

フライン・レイドルスターは北部ガドナ地方に向かっていた。早駆《はやが》けの魔術を使い、時には跳躍《ちょうやく》の魔術を用いて、空を跳《と》びはねるように進む。

（フェフニール。随分《ずいぶん》遠くまで逃《に》げてくれたね）

これまでフラインは隠《かく》れて動いてきた。

ゼボル侯爵《こうしゃく》やノース伯爵《はくしゃく》家から天魔座への関与《かんよ》が判明。天魔座を操《あやつ》っていた者に辿《たど》り着くまでは時間がかかったが、ようやく証拠《しょうこ》を得られた。

天魔座はフェフニールの隠れ蓑《みの》である。彼は正体を隠して天魔座を動かし、あわよくばミリタニア王を廃《はい》し、自分が王位につこうと考えていたのだ。

フェフニールの関与について証拠を集め、王にも渡《わた》している。あとは北部ガドナ地方に身を隠した彼を追い詰《つ》め、ミリタニア王の前に連れて行くだけ。

フラインがここまでフェフニールを追い詰めるのには理由があった。

（黒幕であるフェフニールを捕《と》らえたら、エリネの傷も少しは埋《う》まるだろうか）

エリネを深く傷つけた一件――マクレディア家を貶《おとし》めた黒幕はフェフニールである。彼が天魔座を操り、天魔座に関与していたゼボル侯爵に命じたのだ。マクレディア家は剣派《けん》であるため、一つでも潰《つぶ》して剣派の勢いを削《そ》ぎたかったのかもしれない。

エリネは今や『堅氷《けんぴょう》の番犬』と呼ばれるようになった。相変わらず、胸のうちにある傷を隠して生きている。けれどその傷となった事件の首謀者《しゅぼうしゃ》を捕らえれば、彼女の傷は少しでも埋まり、もしかすると別の生き方をするかもしれない。

（……今度は、好きだと言えるかな）

二人は部下を率いて国を護《まも》る身となった。それでも、時折願ってしまうのだ。長年秘めてきた想《おも》いを伝えられたらと。

だからフェフニールを捕らえることに躍起《やっき》になっていた。北部ガドナ地方への急な遠征《えんせい》もそのためである。

その時、彼を追いかけるように緑色の光が走ってきた。これは対象を素早《すばや》く追いかけるため、魔術士《まじゅつ》同士の連絡《れんらく》手段として使われている。フラインはそれに気づくと、自らの指に光を絡《から》ませ、耳に近づける。

聞こえてきたのは、雑音交じりの、焦《あせ》った魔術士の声。

フラインの瞳《ひとみ》は大きく見開かれた。

急ぎ、王宮へと引き返す。周りの景色も時間もわからなくなるほど夢中だった。

王宮は静かで、聞こえるのはフラインの足音と荒《あら》い息づかいだけだ。

「エリネ！」

医務室に駆け込むと、ミリタニア王や王妃《おうひ》、そしてジェフリーら騎士団も揃《そろ》っていた。

だが、ベッドに横たわっているエリネのそばに魔術士はいない。

遅《おそ》かったのだ。治癒魔術《ちゆまじゅつ》を使っても助けられないと諦《あきら》め、魔術士は退室したのだろう。

「……どうして、僕がいない時に」

周囲の人を気にせず、フラインはエリネに駆け寄った。

肌《はだ》は白くなり、触《ふ》れても冷たい。生きている時の柔《やわ》らかさも失われている。

「嘘《うそ》だろう。なあ、エリネ、起きてよ」

どうしてこんなことになった。誰《だれ》がエリネを殺した。

世界中どこを探しても、こんなに愛《いと》しい人はいなかった。何を引き換《か》えにしてでも守りたいほど、彼女のことが大好きだった。

頬《ほお》や髪《かみ》に触れるが、ぴくりとも動かない。彼女の時は止まってしまったのだ。

慈《いつく》しむように彼女を撫《な》でていると、喉《のど》に触れた途端《とたん》、指先にぴりっと痛みが走った。

妙《みょう》な気配がする。魔力を使って手を翳《かざ》せば、そこに黒いものが見えた。

（黒い靄《もや》？　これは何だ）

強い魔力の残滓《ざんし》。黒い靄。

思い浮かんだのは禁術である。危険すぎる故《ゆえ》に禁じられた魔術は黒い靄を纏《まと》うという。王家書庫で読んだ経験があるのだが、禁術は王が禁ずるものだから、使用するような不届き者はいないと考えていた。

（そうか……禁術。王族のフェフニールなら知る術《すべ》がある……つまり……）

これが禁術であるならば、様々なものが繋《つな》がっていく。

天魔座が人を攫《さら》っていたのは、人の命を代償《だいしょう》とする禁術の研究をするためではないか。

街を半壊《はんかい》させた青い炎《ほのお》も禁術によるものなら合点がいく。そしてエリネを殺《あや》めたのも――。

フラインは自らの行動を悔《く》いた。こうなるのならば、禁術について調べていればよかった。防衛する術を探《さぐ》っておけば、エリネを守れたかもしれない。

（やり直したい。やり直せるなら、エリネを絶対に守ってみせるのに）

その時、なぜか思い出した。一度だけ読んだ禁術の書に、書いてあったもの。

死者を生き返らせることはできないが、その者を過去に戻すことができるという。だが、術者も過去に戻り、魔術の発動を確認《かくにん》した後に代償を支払《しはら》うらしい。

（……死に戻りの禁術）

一つ思い出すと、鮮明《せんめい》に蘇《よみがえ》る。魔術書に書いてあった文言、必要なもの。

相当な魔力量を持つ者でなければ難しく、実現不可能な禁術と書いてあった。だが、ここにいるのはフラインだ。魔力量ならば自信がある。

フラインはエリネを抱《だ》き上げた。お姫様《ひめさま》を抱《かか》えるように、優《やさ》しく横抱きにする。彼女が生きていれば恥《は》ずかしいと叫《さけ》んだかもしれない。

「フライン、どこに行く⁉」

エリネを連れて歩き出そうとしたフラインを引き止めたのはミリタニア王だ。ジェフリーも何事かと身構えている。

だが、フラインは笑った。

「僕はエリネを助けたいんだ」

悲しくて涙《なみだ》がこぼれる。情けないぐらい、涙が止まらない。

「諦めない。僕は、エリネが好きなんだ」

それ以上引き止める者はいなかった。

誰しもが思っていたのだ。エリネ・マクレディアは死んでいる。

だからフラインがどれほど切ない顔をしていても、諦める未来しかないと思っていた。

かつて二人が未来を語り合った物見台。その日は新月で、明かりとなるようなものは何もなかった。見えるのはフラインが放つ魔力の光だけ。

世界が色褪《いろあ》せて、白黒になってしまったような気がする。この世界に魅力《みりょく》なんて残って

いない。音も、香《かお》りも、味も、全部が消えてしまった。

（愛しい者を失うのはこんなにも苦しい。この喪失感《そうしつかん》をエリネも味わったんだろう。それでも傷を隠《かく》して生きてきた君は、強かった）

家族を失ったエリネの悲しみを思い出す。今のフラインが味わっているものを、彼女は知っていたのだ。それでも傷を隠して剣に生きてきた。

（やり直そう。君が死ぬ前――いや、君が深く傷つく日の前から）

物言わぬエリネの体を抱《だ》きしめる。できれば、彼女が起きている時に抱きしめたかった。

「今度は、君が自由に生きて、自由に泣ける世であればいい」

彼女の体に魔力を送りこみ、彼女に向ける願いの言葉を紡《つむ》ぐ。

「好きだよ、エリネ。いつだって僕は君が好きで、君のそばにいて、君を守る」

最後に――許されないかもしれないけれど、秘めたる想いを告げた。ずるいと怒《おこ》られるかもしれないけれど、その唇《くちびる》に口づける。

「過去に戻《もど》っても、僕は君を想い続けるよ」

魔力は全《すべ》て送り終えた。魔術書にあった文言を紡ぎはじめれば、あたりに黒い靄が満ちていく。

この世界を引き換えにしてでも、エリネを助けたい。

「この命を捧《ささ》げて、唱える――エリネ・マクレディアを十八歳の頃《ころ》に戻せ」

終章 ◆ 伯爵令嬢は幸せになれますか？

白馬に跨《また》がった勇ましき金髪《きんぱつ》の女騎士《おんなきし》。その姿を見た者はわずかだが、瞬《また》く間に噂《うわさ》が広がった。

だが騎士団に金髪の女騎士はいない。彼らの帰還《きかん》時にはミリタニア王も門まで駆《か》け付けただの、王宮から紫《むらさき》の光が見えただのと語られているが、真偽《しんぎ》は不明である。

街の人々が『白馬に跨がる金髪の女騎士』の話題で騒《さわ》いでいる頃、一部の騎士はあるところに向かっていた。それはマクレディア家の屋敷《やしき》である。

「エリネ。あなたにまたお客様が来ているけれど」

母が不安げな顔をして言う。居間で優雅《ゆうが》に茶を飲んでいたエリネは頭を抱えた。騎士の訪問はこのところ毎日である。

「エリネも随分《ずいぶん》と人気だな」

「騎士の皆様《みなさま》に好かれているのね。そのうちに良い話を聞けるかもしれないわ」

毎日代わる代わる騎士が来るこの状況《じょうきょう》に、両親はのんびりとしていた。娘《むすめ》が人気者であると喜んでいるのかもしれない。

エリネはというと、うんざりしながら居間を出て行った。

「……で。今日はみんなで来たの？」

屋敷を出て、外に集まる騎士らに声をかける。エリネが現れると、皆《みな》が一斉《いっせい》にこちらを向いた。

「稽古《けいこ》をつけてもらおうと思いまして！」

「昨日も駐屯地《ちゅうとんち》に行ったのに」

「今日も稽古を受け、あわよくばエリネ嬢《じょう》を騎士にしたいと考えています」

こうなったのも先日の一件が原因である。

フラインのことで頭に血が上ったエリネは令嬢然とした振《ふ》る舞《ま》いをすっかり忘れていた。かつてのエリネのように勇ましく駆け抜《ぬ》けてしまったのである。

「聖洞《せいどう》に乗りこむあの姿……あれほど勇猛果敢《ゆうもうかかん》な方は初めて見ました」

「そうそう。奥の仕掛《しか》け扉《とびら》を叩き壊《こわ》すところなんて戦神のごとき動きだった」

皆が口々に言う。ジェフリーや一部の騎士はエリネが腕《うで》の立つ者だと、いつしか気づいていたようであるが、他《ほか》の者からすれば聖洞に乗りこむ姿は衝撃《しょうげき》だったようだ。

以来、こうしてエリネの指導を受けるべく、騎士が屋敷にやってきている。

今日はのんびり過ごす予定だった。もうすぐライカの手作りお菓子《かし》も完成するはずだ。

「今日は稽古をする余裕《よゆう》がないから——」

「エリネ嬢！　そこをなんとか！」

「剣術《けんじゅつ》でなくても馬術でも構いません！　あなたにご指導いただきたい！」

断ろうにも、わいわいと騒ぐ彼らは聞いてくれない。これに折れて駐屯地に行ったのが昨日である。今日はなんとかのんびりしたいところだ。

そう考えていると、後ろから何者かに抱き寄せられた。体勢を崩《くず》しそうになったエリネだが、見覚えのあるものが視界を通ったため安心する。

白のローブに、サファイアブルーの紋章《もんしょう》。光に輝《かがや》き透《す》けるような銀髪《ぎんぱつ》。見上げると、ウィスタリア色の瞳《ひとみ》をからかうように細めて、彼が言う。

「エリネは僕のだから、騎士には貸してあげない」

後ろからエリネを抱き寄せたフラインは、舌を出して騎士らを挑発《ちょうはつ》している。

「フライン！　もう大丈夫《だいじょうぶ》なの？」

エリネが問う。というのもフラインとこうして会うのは久しぶりだった。

彼は腕の中のエリネに微笑《ほほえ》み、頷《うなず》く。

「もちろん。だから君とゆっくり話がしたかったのに……困ったね、人気者じゃないか」

魔術士《まじゅつ》が登場し、さらに挑発してきたとなれば、騎士らは皆怒《みなおこ》っていた。

「魔術士サマは帰れ！」

「その手を離《はな》せ！　汚《きたな》い手でエリネ嬢に触《ふ》れるな！」

ヒートアップした騎士らはさらにうるさくなり、今度はフラインに罵声《ばせい》を浴びせている。

「やだ。君たちこそ鏡を見たら？　騎士のが粗暴《そぼう》で汚いよ。僕は綺麗《きれい》だもん」

「いけ好かねえ魔術士め！」

フラインも騎士らをからかって遊んでいる。

これでは落ち着くどころではないだろう。エリネは深くため息をつく。

「皆、静かにしろ」

今にも殴《なぐ》りかかりそうだった騎士らを押しのけ、前に出てきたのはジェフリーだ。エリネとフラインの様子を一瞥《いちべつ》した後、彼は騎士らに向かって言う。

「いつまでもエリネ嬢を頼《たよ》ってはならない。持ち場に戻れ」

「でもよ……」

「騎士団長の命令だ。聞けないのか？」

ジェフリーは新たな騎士団長に任命された。そんな彼が皆を睨《にら》みつけたのだから、息巻いていた騎士らも引かざるを得ない。

騎士らは次々と去っていく。後ろ髪《がみ》を引かれる思いなのか、時折振り返ってエリネの方を見ていたが、そのたびにフラインが挑発していたのでエリネは慌《あわ》てて彼を止めた。

皆が去ったのを見届けてからジェフリーが動く。彼は騎士らを追いかけてきたのか馬に乗っていた。

「お騒がせして申し訳ない」

「みんなが元気そうでよかったよ」

「ええ、おかげさまで。あなたの活躍《かつやく》によって皆の士気が高まっています」

ジェフリーは一礼して去ろうとしたのだが、屋敷から誰《だれ》かが駆けてくる音が聞こえた。

「ジェフリー様！　いらしていたのですね」

現れたのはライカである。その姿を見るなり、ジェフリーの頰《ほお》が赤くなった。馬から落ちてしまうのではと焦《あせ》ったが、なんとか堪《こら》えたようだ。

「あの、もしお時間があるのなら……せっかく来たのですから、家に……」

おずおずとライカが告げる。見れば、ライカの頰もほんのりと赤らんでいる。

これにジェフリーは馬を下りてライカに向き直る。

「お誘《さそ》いはありがたいのですが、本日は騎士を呼《よ》び戻しにきただけなので」

それを聞くなり、ライカはしゅんとした表情で俯《うつむ》いてしまった。

ジェフリーの手がゆっくりと伸《の》びた。その手のひらはライカの頭を優《やさ》しく撫《な》でる。

「別の機会に、もっとゆっくりと語らえる時にお邪魔《じゃま》させてください」

「……はい」

二人の間に甘やかな空気が広がっている。ジェフリーとライカの反応を見るに、二人は惹《ひ》かれ合っているのだろう。その想《おも》いがいつ通じ合うのかはまだわからない。

幸せそうな二人の姿に胸が温かくなる。本当は可愛《かわい》い妹にデレデレしているジェフリーに苛立《いらだ》ってもいるのだが、彼の人となりはエリネがよく知っている。騎士団長であった時、ジェフリーに浮《う》いた話はなかった。だが今回はライカが生きている。それがジェフリーの運命を変えたのだ。ライカと接している時のジェフリーは、初めて見るような顔ばかりする。あのように微笑む男だと知らなかった。

(お似合いの二人かもね)

ジェフリーが去るとライカがこちらに向き直った。

「もう少しでお菓子が焼き上がりますから、お二人の分も残しておきますね」

「うん。楽しみにしてるよ」

そう告げると、ライカはいそいそと屋敷に戻《もど》っていった。

「……さて。僕たちはどうしようか」

「え？　私の部屋で話すのかと思っていたけど」

「ふふ。なるほど、君の部屋か」

意味深にフラインが笑う。そしてエリネの耳元に顔を寄せ、囁《ささや》いた。

「僕と二人きりでいいの？　襲《おそ》われちゃうかもよ？」

最初はフラインが語ることの意味がわからなかったが、その言葉を反芻《はんすう》するにつれ、エリネの顔がみるみると赤くなっていく。

「……そ、外を歩こう」

ついにはフラインの顔をまともに見られなくなり、俯いてしまった。そんなエリネの様子にフラインが笑い出す。

「冗談《じょうだん》だよ。そんな真に受けなくても」

「フラインが！　あんなことを言うから！」

「そう？　僕の意識がない間に、王や皆の前で熱い告白をしたそうじゃないか」

ぎくり、とエリネの体が固まった。

熱い告白というのは、王の前で『諦《あきら》めません。私は、フラインが好きだから！』と叫《さけ》んだことである。王だけでなく、多くの者がこの公開告白を聞いていたのだ。その時は咄嗟《とっさ》だったのだが、どうやら皆の記《き》憶《おく》には焼き付いていたらしい。

（あの時は、夢中だったから）

今にして思えば、不思議な空間だった。霄聖石《しょうせいせき》によって時間は静止し、そこで対峙《たいじ》した黒影《こくえい》。フラインの助言がなければエリネは永遠に黒影と戦っていたかもしれない。霄聖石の力を得て魔力が増幅《ぞうふく》したことで黒影はフラインのそばを離れ、その隙《すき》に霄聖石を叩《たた》き割る――霄聖石が作り出した空間が消え、黒影もフラインのそばに戻ることなく消えてしまった。

医務室にいた魔術士らは、まばたきをする間に霄聖石が砕《くだ》けたと話していた。急にフラインの容態が安定したので彼らは驚《おどろ》いていたが、止まった時間の中での出来事を知るのはエリネとフラインのみである。

「あれから、大変だったんだよ」

フラインはぼやく。容態が安定したとはいえ、完全に回復するまで王宮に引きこもっていたのだ。こうしてゆっくり話せるのも久しぶりである。

「体調が戻るまで時間はかかるし、元気になったと思えば山積みの仕事だ。禁術についての報告書を何枚書いたか」

「そういえば、禁術の研究が始まるって聞いたけど」

「霄聖石のおかげで色々わかったからね。禁術の解明が早く進むかもしれない。もう少しで、眠《ねむ》ったままのゼボル侯爵《こうしゃく》たちを起こせるはずだよ」

幻《まぼろし》の石であった霄聖石は砕け散ってしまったが、その破片は魔術士らが回収した。破片に残存する微力《びりょく》な魔力を解析《かいせき》し、禁術に倒《たお》れた者を目覚めさせる術が研究されているという。フラインの口ぶりからして、エリネの想像以上に研究は進んでいるようだ。

ゼボル侯爵らは一度目の人生にてライカを傷つけているが、今では彼らも操《あやつ》られていたのだとわかっている。完全に許すことはできないが、彼らが目覚める日が来ればよいとエリネは考えている。

「ところで。僕が倒れている間、散々暴れてくれたそうじゃないか？」

「暴れてはいない」

「そう？　医務室まで僕を抱《だ》きかかえてきた令嬢《れいじょう》がいると聞いたよ。フライン・レイドルスターはお姫様《ひめ》なのかって揶揄《からか》われたけど」

あれはフラインを助けたい一心だった。しかし、周りから見れば令嬢が自分よりも背丈《せたけ》の大きい魔術士《まじゅつ》を易々《やすやす》と抱きかかえて歩いてきたのだから、驚くのも当然だろう。

「そんなわけだから、ミリタニア王が君を気に入っていてね。僕がいつ君を迎《むか》え入れるのかだの、騎士《きし》にした方がいいだの、エリネの話ばかりしてくる」

あれ以来、ミリタニア王から騎士の打診《だしん》が来るようになった。エリネの手のひらを見て何かに気づいてしまったのか、ミリタニア王は「いつ騎士になってもよいぞ」と声をかけてくる。令嬢で居続けようとするエリネを気遣《きづか》っているのだろうが、騎士団に引き入れる日を虎視眈々《こしたんたん》と狙《ねら》っているようだ。

「それで、君は騎士にならなくていいの？」

「このままがいい」

騎士としての日々は、忙《いそが》しくもあったが楽しくもあった。騎士にならないと断言すれば寂《さび》しさは生じるものの、今は別のやりたいことが心にある。

「私は大事なものを守りたい。それが私の夢だから。それは騎士にならなくてもできる。

だから、ちょっと強い伯爵令嬢《はくしやく》ぐらいでいいんじゃないかなって」

「……ちょっと、どころではないけどね」

フラインは苦笑いをしていたが、それからすぐに穏《おだ》やかに微笑《ほほえ》んだ。

「いいと思うよ。僕はエリネがどんな選択《せんたく》をしてもついていく。僕としては、騎士にならない方がありがたいし」

「ありがたい？　どうして？」

「君が騎士になれば王だのジェフリーだのが君の周りをうろつくだろう？　僕が独り占《じ》めできなくなる」

からかうような表情で言っているため、どこまでが本心かわからない。エリネが返答に迷っていると、フラインは楽しそうにくすくすと笑っていた。

話をしながら歩いているうちに、二人は物見台に着いていた。フラインは柵《さく》に手をかけて景色を見回した。

「またこの景色を、君と見られると思っていなかった」

「昔も、ここで話していたね」

「そうだね。でも僕にとってはそれだけじゃない。ここは二度目の人生が始まった時の場所だから」

そう語るフラインの横顔は切なげで、つらい記憶を思い出しているようにも見えた。

エリネはおずおずと彼に問う。

「ここで、死に戻《もど》りの禁術を使った？」

「そうだよ。君を助けたつもりでいたけれど、結果的に助けられてしまった。君が霄聖石を覚えていたなんて思わなかったよ」

「フラインに教えてもらったからね。扉《とびら》を叩き壊《こわ》す騎士は私ぐらいって言われた」

その出来事を、今もしっかりと覚えている。覚えているのはきっと、その出来事にフラインが関係しているからだ。

こちらに向き直り、柵にもたれかかったフラインも笑っていた。きっと彼も、エリネと同じようにしっかりと覚えているのだ。

「フラインは、霄聖石を使えば助かるかもしれないって思わなかったの？」

それはずっと引っかかっていたことだ。フラインが霄聖石について語ったのは、エリネが騎士団員だった頃《ころ》だけで、二度目の人生が始まった後、その名を口にしていない。

「僕が使った死に戻りの禁術は、禁術の中でも最も恐《おそ》れられ、強い魔力がなければ使えないものだった。この国で、あの魔術を使えるのは天才魔術士の僕ぐらいだね」

落ち着いた様子でフラインが語る。

「死に戻りの禁術が求める代償《だいしょう》は強大な魔力。たとえ幻の石である霄聖石だとしても、何が起こるかわからない」

霄聖石は強い魔力を秘《ひ》めるというが、死に戻りの禁術が求める魔力量があるかといえばわからない。何せ幻の石だからである。

実際に、霄聖石だけでは厳しかった。霄聖石によって時間は止まり、エリネにも黒影が見えるようになったが、助言がなければ死ぬまで戦い続けていただろう。

「どうなるかわからない賭《か》けみたいなものに君を巻きこみたくないよ。それに、君じゃ霄聖石を使えないと思っていたからね」

これはエリネも引っかかっていた。霄聖石を持ってきただけでは何も起こらず、魔術士たちもお手上げであった。それが突然《とつぜん》、発動したのだ。きっかけは今もわからない。

「霄聖石を動かすために必要なものは、何だと思う？」

口を引き結び、エリネは考えこむ。あの日どうして、霄聖石は発動したのだろう。

思案に暮れるエリネを見かね、これでは答えがでないと気づいたのかフラインが言った。

「『涙《なみだ》』――あの石は、人の涙に反応する。涙によって目を醒《さ》まし、使用者の願いを叶《かな》えようとする」

確かに、と思い返す。霄聖石が突然動いたのは、エリネの涙が落ちた時である。その涙に反応して霄聖石は動き、エリネの願いを叶えようとしたのだろう。

「だから、私には使えないと言っていたの」

「君は泣かないと思っていたからね」

騎士団長であった頃のエリネを知っているからこそ、エリネは涙を流さないと思っていた。だが、結末は違《ちが》う。フラインを失うと思った時、自然と涙が頬《ほお》を伝った。どうしても失いたくないと感情が溢《あふ》れてしまった。

「ありがとう。君が僕のために泣いてくれる日がくるなんて、思っていなかったんだよ。だからあの時、霄聖石《しょうせいせき》が発動しているのを見て、君が泣いたんだと気づいて嬉《うれ》しかった」

「でも、もうあんな思いはしたくない」

「そうだね。次は嬉しい涙がいいな——ということで」

フラインが、こほんと一つ咳払《せきばら》いをする。嬉しい涙のためにどうするというのか。理解できず首を傾《かし》げているエリネだったが、フラインは真っ直《す》ぐにこちらを見つめていた。そして、真剣《しんけん》な声で告げる。

「ねえ、エリネ」

「うん？」

「結婚《けっこん》しよう」

「……は？」

唐突《とうとつ》な提案に、エリネはぽかんと口を開け、知らぬうちに間抜《まぬ》けな声をあげていた。

結婚。どうして突然。久しぶりに会えたと思えば何を言い出すのか。

「な、なんで!?　どうして結婚って!?」

「だって君が言ったじゃないか。『幸せになりたいから、結婚する』って。ほら念願が叶うよ。嬉しいね。泣いてもいいよ？」

それは確か、ゼボル侯爵《こうしゃく》との縁談《えんだん》の時だ。なぜ縁談を受けるのかとフラインに詰《つ》められ、そこで慌《あわ》てて答えてしまった。幸せになりたいのは確かである。だから家族やライカを守ろうとした。だが結婚は言葉のあやだ。あの縁談は最初から破棄《はき》するつもりでいた。

「違う。あれは嘘《うそ》！」

「それで？」

「その……ゼボル侯爵との縁談を、何とかフラインにわかってもらおうと……」

あわあわしながらエリネは言い訳を述べる。しかしフラインに届く様子はなく、彼はにやりと笑《え》みを浮《う》かべたままだ。

「でも君が言ったんじゃないか。幸せになりたいんだよね？」

「う……そ、それはその通りだけど、ちょっと違うというか、その……」

「あれれ。『私、フラインが好き』って熱烈《ねつれつ》な告白をしていたらしいのに？　皆《みな》がいるのに構わず熱い告白をしていたと、王からもジェフリーからも聞いているのに？　もしかして別の人だったのかな⁉」

捲《まく》し立てられ、逃《に》げ道がない。観念したように頷《うなず》く。

「……私、です」

「じゃあ、僕たちはみんなの公認《こうにん》の仲だね！　じゃあ結婚しかないね⁉」

嫌《いや》ではない。相手がフラインならば構わないと思っているのが本音だ。

しかし、こうも面と向かって言われると落ち着かない。心の準備がまったく出来ていないのだ。そもそも必要な順序をいくつか飛び越《こ》えているのではないか。

考えれば考えるほど、顔どころか全身が熱くなり、今にも逃げ出したい衝動《しょうどう》に駆《か》られた。少し後退《あとずさ》りをしてみるが、気づけばフラインは自分の前に迫《せま》っていた。ウィスタリア色の瞳《ひとみ》が逃がさないと言っているように見える。

「エリネ、僕を見てよ」

「無理。恥《は》ずかしくて、顔から火が出る」

「でも僕も、君に気持ちを伝えたいんだよね」

フラインの指先がエリネの頭を撫《な》でる。

「僕はエリネが好きだよ。君が思うよりずっと前から君に夢中なんだ。君がいない世界を想像できないぐらいに」

「でも二度と死に戻りの禁術は使っちゃだめ」

「どうだろ。僕、エリネのことになると暴走しちゃうみたいだからね。不安なら君がそばに居続けて、僕を見張っているといいんじゃない？」

冗談《じょうだん》めかして言っているが、エリネへの想《おも》いは本物なのだろう。

「ずっと伝えたかった。こうやって君に触《ふ》れたかった」

彼は愛《いと》おしげにエリネを見つめ、優《やさ》しく頬を撫でる。

こうして触れられていると、心は落ち着くけれど、恥ずかしくもあり、平然としているフラインに悔《くや》しくなる。

負けじと、エリネもフラインに手を伸《の》ばす。その頬は冷えているけれど、生きている。脈動を感じる。

「それで？　君も、僕と同じ気持ちでしょ？」

「……これは、言うまで逃がしてもらえない？」

「もちろん。だって、僕は直接聞いていないから拗《す》ねているんだ」

「……私も、フラインが好きだよ」

告げると、フラインは嬉しそうに笑った。

「でも、結婚とかそういうのは……順番というか、その……」

これまで剣《けん》に身を捧《ささ》げ、令嬢《れいじょう》となってからも何かを守るために駆けてきたのだ。自分の恋愛《れんあい》となると疎《うと》いどころではない。どうしていいものかわからなくなる。

しどろもどろになりながら話すエリネの姿はよほど面白《おもしろ》かったのだろう。フラインは堪《こら》えきれず、吹《ふ》きだして笑ってしまった。

「ふ、ふふ、あはは。わかったよ。じゃあ、とりあえず幸せにはなろう」

「そんなに笑わなくても！　というか幸せって」

幸せって何だ。そんなことまで考えてしまうほど、エリネの頭は混乱していた。それもこれもフラインが悪い。こんな近くに、大好きな人がいて、想いが通じ合っているのだ。目を合わせるのも恥ずかしく、言葉も途《と》切《ぎ》れてしまう。うまく振《ふ》る舞《ま》えない。

すると——困惑《こんわく》しているエリネの顔が急に持ち上げられた。

唇《くちびる》に、熱いものが触れる。うっすらと目を開ければフラインの銀髪《ぎんぱつ》が見えた。

「……っ、これは」

「今はこれぐらいで許してあげる」

先ほどまで重ねていた唇をぺろりと舐《な》め、フラインが言う。

「でもこれからは覚悟《かくご》してね。元騎士《きし》団長の、伯爵令嬢《はくしゃくれいじょう》さん」

エリネはこんなにも顔を赤くしているというのに、フラインの顔色は変わらず、それどころか嬉しそうで——だから腹が立つ。

「フラインの馬鹿《ばか》！」

エリネの叫《さけ》びが響《ひび》き渡《わた》った。

騎士団長と筆頭魔術士。国を支え合っていた二人の運命は過去に戻《もど》って変わる——はずであったが、令嬢と魔術士に立場を変えても、二人は共に在り続ける。

あとがき

本作をお手にとっていただき、ありがとうございます。松藤《まつふじ》かるりです。

本作にてどうしても書きたかったのがゴリラでした。動物のゴリラです。だって、婚約《こんやく》を破棄《はき》する場面でゴリラが現れたら面白いじゃないですか。そんな考えが少しずつ動き出し、ゴリラは人間に変わり、けれどパワーはちゃんと引《ひ》き継《つ》ぎ……そうして、格好良さと可愛らしさを併《あわ》せ持《も》つ元騎士《きし》団長エリネが生まれました。あとがきを書くために最初の頃《ころ》を思い出してみると、驚《おどろ》きの大変身をしていますね！

けれどこの世界は魔術《まじゅつ》のあるファンタジー世界。果たしてゴリラという生物は存在するのか。認知されているのか。そんなことを考えているうちに、ゴリラという単語を使わずにこの物語を書くという謎《なぞ》の縛《しば》りがはじまりました。

このような経緯《けいい》から始まった物語ですが、実は企画《きかく》の段階で動物園に行っています。けれどゴリラに会えませんでした。調べてみるとゴリラがいる動物園って珍《めずら》しいそうで、北海道の動物園にはいないとか。気になりすぎてゴリラに会いたい。生態を調べ続ける日々。

この感情はきっと恋《こい》――ということで誕生したのがフラインです。フラインは見目麗《みめうるわ》しいちょっぴり腹黒な男ですが、心の中は研究者です。一度気になったらどこまでも追いかける。きっと彼もエリネの生態を調べ続けているはず……。でもエリネと共に戦えるのですから、フラインもなかなかのパワータイプだと思っています。エリネの隣《となり》に並ぶために陰《かげ》で努力していそう。

誕生の経緯はさておき、エリネは、精神的に強くなるまでの過去やその後など厳しい環《かん》境《きょう》にいたと思っています。その分、魅力《みりょく》たっぷりの素敵な伯爵令嬢《はくしゃくれいじょう》になっているはず。不《ふ》屈《くつ》の精神を持っているエリネと、腹黒く献身《けんしん》的なフラインを書くのは楽しかったです。

それではここでお知らせを。なんと、本作のコミカライズが二〇二五年一月より始動します！　エリネとフラインの物語を別の形でも読めるなんて幸せです。

夜庭せな先生によって美麗《びれい》に描《えが》かれるコミカライズは FLOS COMIC にて連載《れんさい》されます。シリアスなパートの格好良さはもちろんのこと、ぽにゃっとした愛らしいエリネやフラインも最高なのです。皆様《みなさま》も私と一緒《いっしょ》に連載を追いかけましょう！

本作は多くの方からお力添《ちからぞ》えを賜《たまわ》りました。制作に携《たずさ》わった皆様に御礼《おれい》申し上げます。

特に担当様には、いつも支えていただきました。ふわふわとしていたイメージから物語として形になったのは、担当様あってこそ。いつもありがとうございます。

この物語に彩《いろど》りを与《あた》えてくださいました駒木日々《こまきひび》様。執筆《しっぴつ》中のイメージを超《こ》える素晴らしいイラストで、拝見するたびに感動していました。全てのイラストが私の喜びです。また支えてくれる家族と友人たちにも御礼を。皆《みな》のおかげで今日も元気でいられます。またお酒でも飲みながら楽しく話しましょう。私はビールで。

最後に、この本を通じて出会えたあなたに心からの感謝を。

本作をお読みいただきありがとうございます。もし、これから本編を読みにいく方もお楽しみいただければ幸いです。


エリネが手に入れた『幸せ』があなたのもとにも訪れますよう、祈《いの》りを込めて。

また、皆様とお会いできますように。

松藤かるり

「死に戻り騎士団長は伯爵令嬢になりたい」の感想をお寄せください。
おたよりのあて先
〒102-8177　東京都千代田区富士見2-13-3
株式会社KADOKAWA　角川ビーンズ文庫編集部気付
「松藤かるり」先生・「駒木日々」先生
また、編集部へのご意見ご希望は、同じ住所で「ビーンズ文庫編集部」
までお寄せください。

BEANS BUNKO

死《し》に戻《もど》り騎《き》士《し》団《だん》長《ちよう》は伯爵《はくしやく》令《れい》嬢《じよう》になりたい

松藤《まつふじ》かるり

角川ビーンズ文庫　24443

令和6年12月1日　初版発行

発行者———**山下直久**
発　行———**株式会社KADOKAWA**
〒102-8177　東京都千代田区富士見2-13-3
電話 0570-002-301（ナビダイヤル）
印刷所———株式会社暁印刷
製本所———本間製本株式会社
装幀者———micro fish

ISBN978-4-04-115324-6C0193 定価はカバーに表示してあります。　◇◇◇